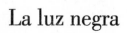

La luz negra

María Gainza

La luz negra

EDITORIAL ANAGRAMA
BARCELONA

Ilustración: «Hat and Gloves», Ellen Auerbach, 1931. © ringl + pit, cortesía de Robert Mann Gallery, Nueva York. Foto © Gisèle Freund / IMEC / Fonds MCC

Primera edición: octubre 2018

Diseño de la colección: Julio Vivas y Estudio A

© María Gainza, 2018
CASANOVAS & LYNCH AGENCIA LITERARIA, S. L.
info@casanovaslynch.com

© EDITORIAL ANAGRAMA, S. A., 2018
Pedró de la Creu, 58
08034 Barcelona

ISBN: 978-84-339-9863-7
Depósito Legal: B. 20541-2018

Printed in Spain

Liberdúplex, S. L. U., ctra. BV 2249, km 7,4 - Polígono Torrentfondo
08791 Sant Llorenç d'Hortons

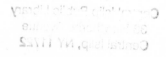

Para Azucena

LA UNO

Llegué, por fin, al hotel Étoile. Un cartel en la puerta de entrada anunciaba que no había lugar, pero entré igual y pedí una habitación. Me dieron una en el piso diez; tiene vista al cementerio, una bañadera de mármol italiano, un escritorio Luis XVI, una cama ancha como una balsa y bombones envueltos en papel dorado incrustados sobre las almohadas como diamantes falsos en la nieve. Le dije al conserje que mi esposo llegaría con las valijas más tarde, pero mi esposo nunca llegará. No soy de mentirle a la gente en la cara pero esta es una situación de fuerza mayor.

Me registré bajo el nombre de fantasía de María Lydis. Nadie me pidió documento; de haberlo hecho, hubieran reconocido quizás a la crítica de arte que supe ser. Pero envuelta en este piojoso tapado negro de piel, quién sospecharía que durante un tiempo tuve una carrera en el mundo del arte, hasta cierto prestigio, diría, fundado en la ilusión de que una prosa sensible es sinónimo de temperamento honesto, que el estilo es el carácter.

Permaneceré confinada en mi «habitación imperial», así reza la placa de bronce en la puerta de nogal, y desde acá sacaré a la escritorzuela que todos llevamos dentro. Solo dejando salir lo que sé podré dar vuelta la página, empezar de cero. Me inspiré en un procedimiento del siglo XVII que aprendí en el *Moll Flanders* de Defoe; cuando en Inglaterra sentenciaban a alguien a la horca, le daban la posibilidad de contar su crimen.

No esperen nombres, estadísticas, fechas. Lo sólido se me escapa, solo queda entre mis dedos una atmósfera imprecisa, técnicamente soy una impresionista de la vieja escuela. Además, todos estos años en el mundo del arte me han vuelto un ser desconfiado. Sospecho en especial de los historiadores que con sus datos precisos y notas heladas a pie de página ejercen sobre el lector una coerción siniestra. Le dicen: «Esto fue así.» A esta altura de mi vida yo aprecio las gentilezas, prefiero que me digan: «Supongamos que así sucedió.»

Nací con la sonrisa torcida, la comisura derecha de mis labios se eleva más que la izquierda a causa de una debilidad muscular. La gente dice que ese defecto delata mi carácter ladino, como aquel hombre que era de los buenos pero luego se volvió ladrón porque sus hombros, al andar, tenían una lentitud felina. Cuando te dicen algo y te lo repiten y repiten, una se lo termina por creer. Hoy, si algo alcanza a definirme, es un estado de zozobra general. Muy temprano en la vida, por motivos que no vienen a cuento, dejé de albergar esperanzas sobre los hombres y las mujeres. De todas formas, estas últimas siempre me miraron con recelo. Hubo una sola que confió en mí, que me hizo sentir importante, y a la gente que nos hace eso uno le debe la vida.

Nos conocimos en la oficina de tasación del Banco Ciudad. Enriqueta había entrado ahí en los años sesenta con uno de los mejores promedios de la Escuela Nacional de Bellas Artes. Yo había entrado por acomodo, como se entraba en mi época.

Hacía cosa de dos años, en una reunión navideña, el tío Richard había dicho, con el vozarrón típico del ebrio que se empantana al hablar, que nada como un trabajo para encarrilar a la oveja negra de la familia; las frases hechas le iban bien a la inteligencia de mi tío. La verdad es que yo no buscaba establecerme, de hecho mi credo personal consistía en navegar derivando sin atarme a nada ni a nadie, pero mi entorno familiar me consideraba un caso perdido, alguien que en la vida, como mucho, podía algún día llegar a sobresalir cazando mariposas. No sé bien, pero por alguna razón acepté el desafío. Creo que acepté para que el tío Richard se callara de una buena vez. Así fue como, por una conversación de borrachines, tuve la suerte de que me mandaran a trabajar como esclava de Enriqueta Macedo.

A las nueve de la mañana del primer lunes de enero atravesé la puerta de vidrio de la oficina de tasación del Banco Ciudad y me acerqué a la recepcionista que estaba detrás de un mostrador de vidrio. La chica no usaba corpiño, una batalla que había sido ganada hacía tiempo, y cuando le dije que la señorita Macedo me esperaba, hizo un gesto con los ojos que interpreté como «que te sea leve». Atravesé una segunda puerta de vidrio. Me llamó la atención cuánto uso le daban a ese material, quizás una alusión a la transparencia en las transacciones.

Supe que era ella sin necesidad de preguntar. Enriqueta Macedo era la perito autenticadora más reconocida del ambiente, una antigua gloria del mundo del arte, y estaba en cuclillas cuando entré a la sala, a punto de zambullirse dentro de un cuadro apoyado sobre la pared. Más que mirar

11

parecía estar olfateándolo. Carraspeé tímidamente, como en las películas. Ella se levantó del piso con llamativa agilidad para una mujer mayor y levantó el mentón recordándome que me correspondía a mí acercarme (después me daría cuenta de que usaba esa pose altiva para disimular la papada). Vestía una camisa limón y un arrugado traje sastre gris acero. Por fuera era común, ligeramente ridícula si quieren, pero, como me daría cuenta más tarde, sus rasgos exteriores eran la contrapartida exacta de su mentalidad.

Me apuré a cruzar la sala. Sus ojos me escanearon como un tomógrafo de pies a cabeza. Como me era imposible sostenerle la mirada, miré sus zapatos, que no eran más que una cosa negra en el piso.

Y antes de que pudiera decir algo ella anunció:

–Espero que hayas hecho los deberes.

Le di mi temblorosa sonrisa sesgada. Creo que mi asimetría le causó gracia o pena o alivio. Enriqueta largó un chasquido de conmiseración y me llevó hasta una mesa.

–No dejes que mis chicanas te amedrenten. Tengo este maldito carácter pendenciero. Por ahora empezá leyendo los secretos de la familia.

Eran veinte carpetas negras que guardaban, como una levita que intenta esconder una panza demasiado grande, todos los recibos por los cuadros dejados en depósito en los últimos meses. Los miré durante un rato, era un papeleo inagotable, y cuando me cansé de fingir interés, me resigné a mi suerte. Ya me acostumbraré, me dije. Es notable la rapidez con que nos acostumbramos a todo.

A los veinticinco años había aterrizado en la oficina de tasación más importante del país: el sitio que definía despóticamente el precio y la autenticidad de las pinturas que circulaban en el mercado, tomaba empeños y servía de depósito cuando una pintura entraba en litigio. Si de afuera sonaba atractivo, por dentro era un lugar oscuramente gubernamental, deprimente y gris.

A veces, una sensación difusa de angustia me agarraba adentro de ese antro rodeada de empleados que solo discutían de ganancias y hablaban en una lengua extranjera que yo entendía pero no podía seguir, como si comprendiera cada palabra por separado pero la frase se me escapara. Pronto, para consolidar mi posición dentro de esa familia que idolatraba el dinero, me inventé una virtud dudosa: lo desprecié.

Solo Enriqueta parecía entender mi asfixia moral. Han pasado tantos años que es difícil hacerle completa justicia a esta mujer, pero digamos que en ella encontré esa gracia que me parecía tan rarificada a mi alrededor.

Era ella el tipo de mujer a quien los años le sientan bien. Debía pensar: La vejez, ¡uf!, por fin ha llegado. En invierno usaba un tapado negro de piel que parecía de perro sarnoso. Era un abrigo decrépito pero mantenía el calor, que era lo que le importaba a su dueña. Se la veía entrar por la puerta de la oficina arrastrando tras ella un aire de severidad divina producto quizás de su largo trato con obras de arte. «Estas pinturas, como las montañas, nos sobrevivirán a todos», decía, y miraba a su alrededor.

Enriqueta no guardaba nociones románticas sobre las personas, pero creía en el arte con una fe al límite de lo esotérico. Aunque hablaba poco de eso, ella parecía venir de una civilización más antigua que no necesitaba poner todo en palabras. Su despacho era sobrio, con sillones tapizados en cuero auténtico y reproducciones enmarcadas de William Blake. «Mi única religión», me dijo Enriqueta la primera vez que entré y las miré de lejos. «Acercate, podrían,

13

pero no muerden.» Eran los grabados de *El paraíso perdido*. Las escenas del infierno me parecieron infinitamente superiores a las del cielo, pero no dije nada. Aún no sabía que tener una opinión propia podía ser un valor en sí mismo. Llegaría un día en el que me pagarían por opinar.

Había un aire de misterio en el despacho de Enriqueta, era el tipo de habitación que bien podría haber tenido una puerta falsa disimulada con lomos de libros. Detrás de un escritorio, su cabeza asomaba entre una pila de catálogos de arte que la protegían del mundo como un círculo de carretas de los indios. De dónde venía no quedaba claro. Nunca hablaba de su familia salvo para recordar a un bisabuelo que había sido devorado por los náufragos de *La balsa de la Medusa*. Y excepto por ese honorable detalle genealógico se movía por la vida como si estuviera sola.

Era severa y fría, la gente de la oficina, personas corrientes por no decir mediocres, la consideraban un ser pomposo; sin embargo, yo la quise instantáneamente. Y no solo porque trabajar con ella era afilar mi mente, sino porque tenía una cualidad que hacía imposible no considerarla algo distinto a un monstruo de clase superior. Enriqueta era rara, pero no quiero decir raro en el mal sentido de la palabra. Era una iniciada, eso la distinguía del resto de los mortales. Poseía «el ojo de halcón» que en el mundo del arte, como «el ojo clínico» en medicina, es un talento en extinción. Ella podía ver a través de una pintura, podía entender su matriz. Tenía un don innato para descomponer una imagen en su cabeza y volverla a armar como un fabricante suizo frente a una pieza de relojería y, como buena ludita que también era, rechazaba de plano cualquier avance tecnológico en materia de autentificación de obra;

solo confiaba en una linterna que emitía una tenue radiación azul y entraba en la palma de su mano. «La luz negra», la llaman en la jerga forense. Los policías científicos la usan para detectar la sangre, el semen, la saliva y el sudor del asesino, pero lo que los peritos de arte buscan con esa luz son los agregados de último momento en una pintura. Según Enriqueta, ese aparatito era toda la tecnología que se necesitaba para estudiar en profundidad un cuadro. Todo lo demás lo ponía uno.

¿Cuánto tardaría una mujer como Enriqueta en desenmascararme?, ¿un mes? ¿una semana? Quizás con unos minutos le bastaría. Pero, contra todo pronóstico, el juicio que se formó de mí debió de haber sido satisfactorio porque me adoptó enseguida y, antes de que me diera cuenta, me había elegido como su heredera.

–Haceme caso, acá adentro no muestres entusiasmo por nada –me dijo Enriqueta a los pocos días de conocerme–. No des a conocer el metal de tu voz y esta gente te dejará tranquila.

Para inculcarme el ánimo imperturbable usaba como ejemplo la historia de Anaxágoras, quien, al recibir la noticia de la muerte de su hijo, exclamó: «Sciebam me genuisse mortalem» («Sabía que había engendrado un mortal»). Pero estoy segura de que esta disposición hacia la ataraxia que levantaba como bandera filosófica no era una inclinación natural. Yo creo que era su sistema defensivo contra la vida.

Los primeros meses me dio un curso rápido en tasación. Yo era joven, sabía poco y lo poco que sabía no lo en-

15

tendía bien, pero cualquier cosa despertaba mi interés voraz. Andaba a su lado todo el tiempo y anotaba sus lecciones en cuadernitos Rivadavia tapa dura. Miro las tapas: «La búsqueda de pedigrí», «La procedencia», «Cómo diferenciar el papel viejo de un simulacro imbuido en té», «Los pequeños detalles como orejas y uñas (la técnica de Giovanni Morelli)». Enriqueta era de frases justas, vivas, redondas como un erizo. Muchas veces hablaba en aforismos y no diferenciaba los prestados de los inventados. «Hay que hablar de pintura, es la forma más rápida de conocer a la gente», o «Cuando se mira un cuadro hay que tener ganas de ir al baño, los esfínteres apretados mantienen la mente alerta», o «Para delatar a un ser humano no hay medio como el arte, es el detector de mentiras más barato que conozco». Eso me decía de la nada.

Los viernes, el día que menos trabajo entraba a la oficina, me mandaba a la biblioteca a buscar viejos catálogos de subastas; me los hacía mirar durante horas. «Es un músculo», decía Enriqueta, «tenés que entrenarlo.» Yo miraba sin saber qué debía mirar; cuando desesperanzada se lo comentaba, me decía: «Llegará un punto en que sentirás, percibirás, sabrás cómo debe verse una cosa.» Aunque daba consejos sobre pintura, parecía estar dando más bien consejos sobre el arte de vivir.

Diré algo más sobre Enriqueta: estaba muy viva, y para mí ayudarla en un crucigrama, sacarle las espinas a su pescado, hasta atarle los cordones cuando le dolían los dedos por el reuma, todo era poesía.

A las seis de la tarde los empleados del Banco desaparecían por los pasillos como ratas por las alcantarillas. Entonces, nosotras subíamos a la azotea del edificio para

16

continuar nuestra conversación. En la platea preferencial de un crepúsculo, Enriqueta podía hablar durante horas sobre Vasari, Karel van Mander, Pico della Mirandola, pero no disertaba mediante la jerga plomiza y solemne de los académicos, hablaba sobre ellos con intimidad, como alguien hablaría de un amigo de toda la vida; cerraba los ojos y los llamaba con apodos cariñosos, a veces los regañaba porque descuidaban su higiene. Yo creo que de a ratos perdía la noción de dónde estaba y con quién. Pero había días, si el atardecer venía despejado, en que una rara combinación de radiación solar, contaminación y carteles de neón, bañaba todo el espacio a nuestro alrededor en una luz color manzana asada, la misma de los cuadros del prerrafaelita Burne-Jones. Estoy hablando de un efecto óptico que no duraba más de cinco minutos, pero ni bien empezaba Enriqueta saltaba de la reposera como una tostada de un tostador, elevaba su vista al cielo y, apretando los labios, murmuraba: «Flammantia moenia mundi», y en ese instante la luz cobriza se estrellaba contra su pecho y salía por sus omóplatos y un largo e intenso escalofrío me estremecía; de golpe yo la veía como lo que era, una artista sin obra, una obra de arte en sí misma.

Tardé muy poco en darle a entender que yo estaba a su disposición para cualquier cosa, desde buscar un café a cometer un asesinato premeditado. Enriqueta leyó en mí como en las páginas de un libro.

Había pasado un año cuando un domingo por la mañana me dejó un mensaje en el contestador diciendo que me esperaba a las cinco de la tarde en Suipacha y Sarmiento y que llevara mi equipo de natación. Armé mi bolso como el buen soldado que era, y mientras me acercaba a la esquina convenida, recordé esa máxima que dice que el carácter se forma los domingos a la tarde.

Cuando llegué, estaba en la puerta fumando su Gauloises; siempre fumaba Gauloises hasta el último milímetro, y cuando lo terminaba, lo tiraba al piso y lo pisaba con sus zapatos de taco carretel. Me hizo un gesto para que la siguiera; había mucha intimidad en ese gesto. «Comete un crimen y el mundo se vuelve de vidrio», murmuró mirando para los costados mientras entrábamos a la Casa de Baños Colmegna, donde las empleadas, con sus caras sonrosadas, su aire autoritario y sus uniformes blancos la saludaron como de toda la vida.

En un vestuario húmedo me puse una malla con un elástico exangüe y caminé hacia una pileta que alguna vez había lucido como un acuario con cuerpos firmes de sirenas y neptunos, pero que ahora estaba semiabandonada y con las venecitas flojas. Alrededor del borde, sentados con los pies en el agua, había un puñado de viejos de piel floja cobijando soledad y miedo.

Enriqueta se apareció unos minutos después, se la veía inesperadamente estilizada con su malla negra cuando bajó por la escalera de aluminio ágil como el garabato de una firma y se sumergió en el agua tibia. Estuvimos planchando durante un tiempo en silencio; es verdad eso que dicen: un gran viento te aísla de los de tu especie, pero el agua une.

Al salir nos arropamos en unas toallas blancas y ásperas y, como monjes cartujos, caminamos por un pasillo cuyo suelo estaba cubierto por una goma pringosa que se adhería a la planta de los pies. Llegamos a un cuartito revestido de listones de madera. Adentro había unas gradas anchas también de madera y un humo muy leve, tibio y con un suave olor a romero. Nos sentamos una enfrente de la otra y luego, viendo que no entraba nadie, nos acostamos boca arriba mirando al techo. Era un buen sitio para no decir nada. Afuera, los viejos habían comenzado a moverse por el perímetro de la pileta; se oía el chirrido de los andadores metálicos, que producían un sonido extraño, como si estuvieran hechos de hielo. Empecé a sentir que tenía la cabeza envuelta en una manta de lana y al rato caí en un semisueño.

–Si me permitís... –me dijo Enriqueta sacándome repentinamente del sopor–, voy a contarte un par de cosas, cosas que quiero que sepas.

Se me vino a la cabeza la imagen de Garibaldi cuando al irse de Roma les dijo a sus soldados que les ofrecía sed y calor durante el día, frío y hambre durante la noche, y peligro a toda hora. Su voz no era ronca y concreta como siempre. Esta vez sonaba distante como si hablara sobre un caballo o desde lo alto de una montaña en un lenguaje que en otras circunstancias yo habría calificado de bíblico. No puedo dar fe de una gran fidelidad en mi relato porque mis músculos emblandecidos conspiraban contra la concentración, pero sí puedo llegar al meollo de la cuestión.

Durante cuarenta años, la recta e inabordable Enriqueta Macedo había hecho pasar por auténticas obras falsas. Por cada pintura espuria que certificaba como original se llevaba una comisión, pero no lo hacía por el dinero, su accionar, como lo definía ella usando términos policíacos, levantaba la vara del arte: falsas, según ella, eran las obras de calidad discutible.

«¿Una buena falsificación no puede dar tanto placer como un original? ¿En un punto no es lo falso más verdade-

19

ro que lo auténtico? ¿Y en el fondo no es el mercado el verdadero escándalo?», me disparó a quemarropa esa primera vez sin esperar mi respuesta. Era «La Uno», la eminencia gris de la oficina de tasación, ¿cómo iba yo a refutarla?

La primera charla no duró más de veinte minutos, el tiempo reglamentario que uno puede quedarse dentro de un sauna antes de que la cosa se ponga pesada. Pero volveríamos varias veces. Pronto entendí por qué los capos del hampa arreglan sus asuntos privados en esos lugares; ni el soplón más asqueroso puede cablearse si está desnudo. ¡Ah! ¡La justicia igualadora del sauna! Con su panza al aire, el millonario no se distingue del pobre, el criminal del hombre honrado.

Desde entonces, las cosas importantes solo las hablábamos en ese cuartito. Había días, cuando el vapor del ambiente estaba por demás espeso, en los que la figura de Enriqueta parecía evanescerse y yo sentía que en realidad estaba sola y que la voz que escuchaba salía de adentro de mí.

Contaré esto con discreción. Fue así como me inicié en el mundo del delito. Por fin me sentía parte de algo, mis dos mitades estaban satisfechas –el lado que buscaba protección, el lado que buscaba aventura–; por supuesto, cada tanto me sobrevenía el miedo y aún no tenía ningún filósofo a mano para que me dijera que no existe un sentimiento fuerte sin una cuota de terror.

Pronto se volvió obvio que éramos ella y yo, idénticas almas bajo distintos disfraces. *Unsereiner*, nos llamaba Enriqueta citando al gran Bernard Berenson. En el fondo éramos dos románticas que creíamos que con estas travesuras atentábamos contra las concepciones burguesas, contra la forma de ver el mundo que tiene esa gente: la que compra.

Enriqueta le dio a mi vida un sabor. Algunas noches en su departamento del pasaje del Carmen comíamos huevos revueltos (receta cuyo secreto, me enseñó ella, era una enorme cantidad de manteca) y mirábamos *F for Fake,* el documental de Orson Welles. Esa película es al mundo de la falsificación lo que *El Padrino* es a la mafia. Elmyr de Hory, el falsificador más famoso del siglo XX, era para nosotras el Vito Corleone del arte: el primero en transformar la experiencia criminal en algo complejo, noble y heroico. La mirábamos atentas, siempre encontrábamos algún nuevo detalle sobre el que conversar, y siempre también, en las mismas escenas, Enriqueta se reía haciendo un ruido como si toneladas de coque cayeran por un conducto; era un ruido de otro mundo, diabólicamente contagioso.

Nuestros falsificadores no eran como Elmyr. Por lo general llevaban vidas más opacas, egresados de la Escuela de Bellas Artes que no habían logrado insertarse en el circuito comercial y a la luz del día se dedicaban a otros trabajos. Estaba Crosatto, que era plomero y especialista en Butler; Chacarita, que trabajaba en el taller mecánico de su familia y hacía unos Quinquelas impecables; Suárez, que era un pintor famoso pero que, por inclinación natural a la transgresión, pintaba Macciós según él «mejor que Macció», y tenía a toda la familia Harte trabajando en el asunto, y estaba Mildred, una antigua copera del Dragón Rojo, que arrastraba tras ella la leyenda de haber falsificado el Magritte de la colección Klemm. Según Enriqueta, todos ellos eran buenos, hasta virtuosos, pero ninguno tenía lo que ella alguna vez había visto en la Negra: «El talento un poco siniestro de entrar en el alma de los demás.» Fue la primera vez que escuché ese nombre.

Nos encontrábamos con el falsificador en el bar Las Delicias de Callao y Quintana, en la mesa del fondo a la derecha. Nos acompañaba Lozinski, un ruso que actuaba de intermediario y que hablaba poco y nada porque durante toda la transacción se dedicaba a garabatear sobre una servilleta de papel. Enriqueta y él se trataban como amigos de toda la vida, pero jamás mencionaban el pasado. Generalmente pedíamos una ginebra y un plato de maníes, y, después de algunos comentarios de rutina, Enriqueta ponía sobre la mesa un sobre con el certificado de autenticidad, el falsificador sacaba un sobre que contenía el dinero y como autos que se cruzan en la ruta se los intercambiaban sobre la mesa. Después, en el baño de mujeres, contábamos la plata. Enriqueta hacía dos rollitos de tamaño similar, se desprendía el botón de arriba de la camisa, se los metía en el corpiño, volvía a cerrarse la camisa y, mirando en el espejo su nuevo pecho abultado, soplaba la punta de su dedo índice como si fuera una pistolita.

Sentía hacia ella una simpatía enorme, pero enseguida me preguntaba si era hacia ella o hacia mi propia manera de pensar. Enriqueta expresaba todo lo que yo admiraba, con la diferencia de que ella lo encarnaba. En la oficina nadie más que nosotras lo sabía. «Estas cosas se hacen calladamente o no se hacen», decía Enriqueta. Aunque yo no hacía gran cosa, a decir verdad; lo mío era la *delectatio morosa*. Era una mirona, una acompañante; digamos que si llovía, yo le abría el paraguas y con portentosa gravedad lo sostenía sobre su cabeza durante todo el trayecto a nuestra cita, y si paraba de llover, me apoderaba de él con cortesía, elevaba la contera, sacudía los pliegues, los enrollaba con pulcritud y llevaba el artículo colgando de mi antebrazo por el resto del viaje. Pero los datos duros, la Rolodex, los llamados, los manejaba solo ella. A veces, cuando salíamos de una reunión, la pescaba mirándome; creo que intentaba averiguar cuán gruesa era mi piel. Pero a mí ninguno de estos chanchullos me escandalizaba. No es que Enriqueta me metiera la lombriz. Yo ya la tenía adentro y ella solo la despertó. Cuando durante unas semanas no entraba ninguna obra falsa, andábamos rabiosas con el mundo y yo me hundía en mi árido papeleo. Pero entonces siempre algo aparecía y la sangre volvía a correr por nuestras venas. «Hacer esto tiene un *je ne sais quoi*», me decía entonces Enriqueta, y se frotaba las yemas de los dedos como una ardilla traviesa. «Se han librado guerras, se han roto hogares, se han tirado carreras por la borda por este gustito indescriptible.»

Habíamos planeado un fin de semana en las termas de Gualeguaychú cuando el miércoles Enriqueta no se presentó al trabajo. Como no había faltado en años, mi tío Richard sugirió que me diera una vuelta por el departamento durante el almuerzo. Yo sabía entrar con el truco de la moneda, secreto que lamentablemente no puedo divulgar acá.

La canilla del lavatorio estaba abierta cuando entré al baño y la vi tirada panza arriba sobre el piso de mármol blanco. Llevaba su camisa amarilla, su pollera gris y sus pantorrillas gruesas enfundadas en medias de descanso. Desde mi posición cenital podía ver la profunda línea de nacimiento de su pelo, parecía un glaciar descontrolado avanzando río abajo. Pero, fuera de ese pequeño desajuste, todo estaba en orden; no había sangre, ni mal olor, ni nada dramático. Debió haber ido al baño a tomar un poco de agua. Tenía varias cosas en su cuerpo que no andaban bien —esofagitis desde los treinta, un solo riñón desde me-

23

diana edad, reuma hacía un par de años–, pero ninguna enfermedad fatal. Lo que sea que se la llevó, fue rápido; dudo que se haya dado cuenta de que el fin estaba cerca. Faltaba una semana para su cumpleaños; habría cumplido setenta y siete.

Me quedé un largo rato sin saber qué hacer. Sentí cosas rarísimas, que ninguna combinación de materia y movimiento podrían expresar. En algún momento cerré la canilla y me fui al living, pero fue peor; desde ahí podía escuchar los caños del baño borboteando como si una tristeza se hubiera instalado en la garganta del edificio. Por primera vez noté que había un aire pobre en ese departamento a pesar de que todo estaba limpio y ordenado. Una cama de madera sin pintar que hacía de sillón, dos sillas viejas de paja, y en lugar de paredes bibliotecas atestadas de libros. Un interior tajante como la propia Enriqueta.

Fue entonces cuando vi el abrigo de piel colgando detrás de la puerta. Di por sentado que ahora me pertenecía, me lo probé, metí la mano en el bolsillo, toqué algo metálico, lo saqué y lo prendí: la luz negra parecía más brillante aunque sin duda alguna era la misma de siempre. Me desplomé en un sillón y lloré. Creo que lloraba por muchas cosas, algunas nada tenían que ver con Enriqueta; así funciona el llanto, que, como el agua que se junta en la rejilla del patio, arrastra consigo hojas viejas, cosas olvidadas. Dormí un rato, deben de haber sido solo unos minutos, porque el mismo acto de quedarme dormida me despertó. Levanté el teléfono e hice los llamados pertinentes del caso. Unas horas después, los diferentes oficios que viven de la muerte entraron en acción y ya no se me necesitó.

24

Un día más tarde yo estaba parada en la puerta del cementerio de la Chacarita cuando una mujer se me acercó chancleteando en sus alpargatas viejas. Hacía un frío siberiano, pero a ella se la veía muy cómoda en esas bárbaras regiones del mundo en donde a nadie le gusta pisar, el tipo de mujer que se crece ante las desgracias ajenas. Era la encargada del cementerio y los toldos inmóviles de sus párpados anunciaban la imposibilidad de toda empatía.

–Estoy con poco personal. –Noté que sobre el bolsillo del pecho de su bata gris tenía la palabra «PAZ» bordada en un rojo que había sido muy intenso y ahora había perdido convicción–. Los cuidadores andan de paro. La semana pasada saquearon una bóveda y se llevaron hasta los bronces.

Un hombre con una barba que remataba en cuña gris sobre el mentón apareció bajo un ciprés y me hizo un grave saludo con la cabeza. Era el ruso, el fiel Lozinski. Vestía su casaca militar verde y unas botas de caña alta color cereza brillante. Llevaba en la mano una corona de lirios blancos que le había costado un dineral. Las rosas estaban a mejor precio, los claveles casi a la mitad, pero los lirios blancos eran los favoritos de Enriqueta y no era momento para ponerse amarretes. «Las flores son importantes», me dijo el ruso al acercarse. «Cuando Prokófiev murió, no había flores a la venta en Moscú. Todas se habían vendido para el funeral de Stalin.» Linda historia, triste historia, ¿sería verdad?

Quince minutos más tarde, la encargada abrió las puertas de la capilla en perfecta sincronía con la llegada del coche fúnebre. Entramos a la iglesia. El ruso, los compañeros de la oficina que llegaron corriendo a último momento, mi tío Richard y yo. El cajón esperaba cerca del altar. A mitad del pasillo central, la encargada encendió las velas. Las encendía para iluminar el recinto, pero no tenía sentido porque los rayos del sol entraban por las ventanas

25

como a través de lupas gigantes. Tarde o temprano todos seríamos cenizas.

El cura habló de la generosidad y de la misericordia, de la tristeza y del dolor, de la esperanza y del amor, hizo una especie de ensalada de conceptos. Lozinski se acercó al ataúd, yo lo imité. La muerta tenía los labios pintados de un rojo chillón y el voladito con puntillas que la enmarcaba el rostro le habría parecido de pésimo gusto, pero aun así emanaba seguridad. Parecía saber adónde iba mi querida amiga; eso siempre me había resultado seductor en ella. Siguiendo la tradición rusa, Lozinski le colocó monedas sobre los ojos y dijo: «Dejad que su influencia se expanda por el aire.»

Después, el tipo de la funeraria cerró el cajón y caminamos hasta una fosa que había sido cavada al final de un camino de tilos. Un jardinero cortaba el pasto con su bordeadora alrededor de unas tumbas cercanas, pero apagó su máquina al vernos llegar y esperó cortésmente. Cuando el ataúd descendió, cada uno de los presentes tiró su puñado de tierra cascoteada; el interior del agujero era frío y fangoso y yo pensé que dentro de unas semanas la madera se pudriría y el cuerpo de mi amiga quedaría a merced de las lombrices que viven abajo. Quise detener toda esa pantomima. Quizás Enriqueta tenía catalepsia. ¿No deberíamos ponerle un hierro rojo en la planta de los pies, como se aconsejaba en otras épocas? Si no se despertaba, bueno, entonces podríamos seguir con el entierro.

El cura empezó a decir unas palabras más cuya sola función era llenar el vacío, el agujero que, por lo menos yo, tenía adentro. A lo lejos, a través de los árboles, vi un taxi, parecía esperar a alguien. Me pareció que unos prismáticos asomaban por la ventanilla trasera, e iba a comentárselo a Lozinski cuando, en eso, el auto subió el vidrio, que era polarizado, y se fue. Entonces noté que la espalda del ruso temblaba con pequeños espasmos y ya no supe qué decirle a ese hombre viejo que lloraba.

El jardinero volvió a encender su máquina, lo que me dio la pauta de que el entierro había terminado. Me fui a la francesa, es decir, sin saludar. Más tarde me contaron que Enriqueta había dejado el dinero para pagar el entierro escondido en los dobladillos de las cortinas. La policía lo encontró cuando revisó el departamento.

Caí en la vida.

Un amigo llamó a John O'Hara para informarle de la muerte de George Gershwin y el poeta le gritó por el teléfono: SI NO QUIERO NO TENGO POR QUÉ CREERLO. Pero yo sí lo creía. Cuando pasan los días y esa persona no vuelve, no queda otra que creerlo. La oficina reanudó su cauce normal esa misma tarde y yo durante un tiempo hice mi pantomima de siempre. Me propuse luchar contra el terror y la soledad trabajando.

Recibía consignaciones, ordenaba catálogos, atendía el teléfono, subía y bajaba al depósito expresamente por las escaleras unas quinientas veces por día; me obligaba a estar en movimiento, quería entumecer mi corazón a fuerza de cansancio físico, actuaba mi papel a la perfección pero no sé a quién quería engañar: entre este mundo y el siguiente, había quedado exhausta. Era como si un soplete hubiera pasado a través de mí dejándome estéticamente igual por fuera pero carbonizada por dentro. Mi edificio físico seguía en pie, pero por dentro no había más que estática circulando a través de cavernas vacías.

A su despacho no me animaba a entrar, lo sentía como un santuario. Cuando idealizamos a alguien, ¿vemos algo que los demás no ven? Tal vez si ella se hubiese quedado más tiempo en este mundo yo habría descubierto que era distinta a como yo la creía. Pero se quedó lo justo, y tan bestial fue el cráter que creó su ausencia que lo que yo antes había fantaseado como una posibilidad zumbona se me volvió una certeza. Enriqueta se transformó en mi modelo de perfección, mi mentora ideal, mi madre sustituta. Desde su muerte llevo un pedazo de hielo sobre mi corazón.

Hay un lugar dentro del huracán donde todo es silencio. Yo quedé parada ahí. El mundo de Enriqueta pasa en ráfagas frente a mis ojos, pero yo no me muevo.

En el barrio de Belgrano R, a pocas cuadras de la estación de tren, se destacaba más decaída que el resto, más orgullosa que las demás, una casa. Había sido alguna vez un caserón familiar, pero ahora sus dueños, para demorar el derrumbe, la habían transformado en hotel. Hotel Suiza lo llamaron, pensando que la alusión helvética atraería a una clientela próspera, pero la enredadera que invadía la entrada, la reja que chillaba al abrirse y los escalones de mármol ennegrecidos que llevaban a la puerta le daban al lugar una atmósfera de vejez muy marcada, de melancolía y aventura. Era de esperar que se llenara de bohemios.

Fue en una madrugada sostenida a base de ginebra y cigarrillos cuando el huésped de la habitación del fondo, un poeta romántico llamado Máximo Simpson, rebautizó el lugar como Hotel Melancólico.

El hotel melancólico en la noche
navega hacia la muerte,
con sus pasillos negros por donde se pasean
remotos mariscales del gran zar Alejandro,
con samovares viejos y tristes damajuanas,
y sus baldosas rotas, su extenuada autocracia,
y su pátina ilustre:
sillones andrajosos,
pequeña arqueología del pensionista pobre
que conserva entre ruinas la mitad de su alma.

Los que vivieron ahí aseguran que entre esas paredes transcurrió la época más feliz de sus vidas. Puede que la mirada retrospectiva embellezca el asunto. O no. Quizás efectivamente haya una época así, la «época más feliz de nuestras vidas», lo que resulta bastante triste.

El hotel eran dos chalets comunicados por un jardín de cipreses. Adelante vivía la administradora, Madame María Ivánovna Vadim, una rusa blanca que vestía con lujo y descuido. Su padre había sido un general zarista que durante la Revolución Bolchevique escapó a Praga llevando consigo a su esposa y a su hija. Al poco tiempo marido y mujer murieron y su única hija, María Ivánovna, entró en la vejez de golpe porque nada avejenta tanto como la muerte de los padres. Podría haber llegado a Alaska, pero llegó a la Argentina en el primer barco que salió de Praga. María Ivánovna dejó que su antigua patria se le deslizara por entre los dedos y nunca recuperó la alegría del todo, aunque hacía esfuerzos monumentales por no dejarse abatir. En Buenos Aires, la única amistad que la unía al pasado era un jovencísimo exalmirante Lozinski, de la flota de Vladivostok. Se habían conocido en la boîte porteña Chez son Altesse. El almirante se aparecía por las tardes en el hotel y llevaba a Madame Vadim del brazo a caminar por el jardín. A ella le gustaba detenerse frente a la sensitiva, esa planta que al tocarla cierra sus hojas y simula morir para abrirse de nuevo cuando uno se aleja.

Atrás, en el segundo chalet, vivían los huéspedes. Eran artistas, gente enamorada, y repantigados sobre sillones raídos la conversación les producía el mismo efecto que la música. Eran todos inteligentes, todos tenían algún talento, pero no llegarían a mucho. No hablaban de política entre ellos y por regla general dejaban los zapatos en el palier. Madame Vadim había adoptado la costumbre de los museos rusos que obligaban a los visitantes a usar pantuflas de fieltro para no rayar el parquet.

La reja del hotel está abierta. Enriqueta se tropieza con una manguera que alguien ha dejado sin enrollar al pie de la escalera. Pierde más dignidad de la que quisiera, pero nadie la ve. Toca el timbre, se abre una puerta de madera de nogal labrada y bajo el marco se presenta una figura humana. Es la Negra, la auténtica, con sus ojos pintados con kohl y la mirada dura, de piedra. Su piel es negra, no el negro brillante de los africanos sino un negro opaco, como si el sol hubiera absorbido toda posibilidad de reflejos. Luce una remera roja lavada demasiadas veces que tiene media decena de agujeros del tamaño de una moneda producto de las brasas de un cigarrillo, un pantalón de lana gris y un cinturón inesperadamente elegante, negro, de cocodrilo. No está a la última moda según la revista *Hola* de 1963 –peinado de paje, sombrerito, cuello alto bordeado de piel, falda recta–, pero la ropa que lleva se amolda tan bien a su cuerpo que parece que se hubieran reunido las mejores costureras del país para hacerle a medida el vestuario.

–¡Sos vos! Qué sorpresa, pasá.

31

Enriqueta ya conoce el tironeo, el impulso de quedarse sola en la orilla y el deseo de que la arrastren hacia aguas más profundas. La Negra la tira para adentro. Esa al menos es la versión de Enriqueta.

¿Quién es toda esa gente? Parece una masonería rasca, una galería de personajes unidos por lo que se podría llamar destino o azar. Enriqueta pasa de uno a otro y se inclina hacia la administradora del hotel, la pelirroja en cuyo meñique guiña un rubí falso que combina con su pelo; a su lado está el exalmirante Lozinski con una casaca verde raída.

–Madame Vadim, le presento a mi niña mimada –dice la Negra, y todos se dan vuelta a mirar.

Suena una trompeta loca desde un Winco comunitario en el fondo. Los hombres visten sacos oscuros gastados, camisas blancas sin corbata, y llevan el pelo con raya al costado. Un poeta cejijunto con el taco sobre la reja de la chimenea recita sus versos; un excomunista habla de la publicidad, tiene esa energía desesperada que exhiben algunos perros falderos; un tipo de rulos y aire de tener seguridad en sí mismo va y viene con su perorata sobre una nueva galería: es esencialmente pícaro. Las mujeres tienen el pelo corto a lo Jean Seberg y trajecitos de dos piezas; una chilena discute con el poeta, la poesía debe hablarle al pueblo, por eso ella hace música; otra, flaca como un junco, es traductora. Un poco apartado del resto, un hombre rubio, de piel blanca y corte de cara triangular como la de un zorrito está mirando por la ventana. Es ucraniano, tiene una cámara de fotos colgada al cuello y un portafolio donde guarda sus negativos que no deja ni a sol ni a sombra. Todos se acercan y alejan de Enriqueta, le ofrecen whisky escocés, piensan: ¿Es de los nuestros?

Cada tanto, Madame Vadim mira hacia un cuadro que cuelga sobre la mesa de roble y grita: «Vashe zdorovie!»; entonces, los invitados detienen lo que están haciendo y brindan con ella.

Enriqueta también mira el cuadro. Es un óleo, el perfil de una mujer de pelo negro y ojos fulgurantes rodeada de caracoles. Enriqueta siente algo pero no le puede poner nombre; nada sobrenatural, aclaremos.

–Mariette Lydis –dice por fin.

Poco después descubre con horror que está bailando con el poeta, el tipo le cuenta sobre los carteristas franceses: los más hábiles llevan brazos postizos que mantienen ostentosamente cruzados sobre el pecho, mientras por detrás hacen su trabajo. En un momento de distracción, Enriqueta se escabulle hasta desplomarse en un sillón. El ucraniano se sienta a su lado y le cuenta sobre el fantasma del hotel: una mujer que roba huevos de la cocina durante la noche y los entierra en el jardín, para detener la lluvia, para que su hija vuelva sana y salva.

–Sentite como en tu casa –le dice la traductora, que es tan delgada que podría ser una aparición–. Somos selectos con los invitados, pero, una vez aceptados, pasan a formar parte de la familia.

¿Cómo llegué hasta acá?, se pregunta Enriqueta, y luego se acuerda.

Se conocen de la Escuela de Bellas Artes. Enriqueta y la Negra han trabajado juntas en la fosa de cal pintando a

33

la manera de Correggio. Les han enseñado a copiar, que es la manera en que se aprende a pintar en las escuelas de arte. De entre todos los compañeros del curso la Negra la eligió a Enriqueta como amiga, es a la única que le otorga el estatus de ser pensante, el resto son para ella seres bajos en la cadena trófica, de la categoría de los ácaros por ejemplo.

El perfume verde viene de un cuenco que está sobre la mesa.

—Son flores traídas de Brasil, no te imaginás lo ricas..., hasta Brigitte Bardot te parece divertida cuando fumás esto —le dice la Negra. Sus labios gruesos, su risa profunda, hipnotizan.

Ahora arma un cigarrillo rápido y con gran habilidad aspira hondo y lo pasa. Enriqueta espía cómo hace y, cuando le toca a ella, da una larga pitada, retiene el humo y lo larga lentamente. Casi ha vaciado sus pulmones cuando le agarra un ataque de tos que la convierte en el centro de las miradas. El cigarrillo sigue la ronda. Cuando le vuelva a tocar, aspira más despacio. Fibras de Enriqueta flotan por la sala como tentáculos de una anémona, se estiran, se contraen, y su cerebro se siente a millones de años luz de distancia. ¿La marihuana de esa época era más alucinógena o más pura? Debería averiguarlo. Enriqueta percibe cambios extraños en su cuerpo. Está comenzando a disfrutar pero ella sabe bien que no debe permitirse caer en el optimismo. De repente le gustaría poner por escrito algunas de las cosas que se le cruzan por la cabeza; cree que está pensando genialidades. Se asombraría al ver lo insignificantes que son esos pensamientos.

—Pagamos el alquiler de los cuartos con esta pintura, hoy nos dieron el certificado de autenticidad —le dice la Negra.

—¿Y para festejar Madame tiró la casa por la ventana?

—Así es.

—Es una pintura llamativa.

—...

—Nunca vi un Lydis así, es muy perfecto.

—No se te escapa nada, Macedo.

La Negra le pide tener unas palabras en privado. Caminan por un pasillo en penumbras, el penetrante olor de los cipreses se cuela por las ventanas como si un bosque hubiera entrado en la casa. Llegan a la habitación que la Negra comparte con la traductora. Sobre la cama de la Negra hay un ejemplar de *Amerika,* de Kafka. Sobre la otra, una máquina de escribir y un ejemplar de *Clea,* de Lawrence Durrell. A los pies de ambas, una frazada escocesa de lana apolillada.

—¿De qué querés hablar? —le pregunta Enriqueta, que, de golpe, ya no se siente tan a gusto.

—Del Lydis. Tenés razón..., no es auténtico.

—¿De dónde lo sacaron?

—No te hagas la tonta.

—¿Lo pintaste vos?

—...

—¿El certificado también es falso?

—No. Se lo dieron esta tarde en la oficina de tasación. ¿Podés creer?

—¿Madame Vadim sabe que es falso?

—Es una mujer de mente amplia, atravesó una guerra.

—Pero... no entiendo, ¿para qué me contás todo esto?

Ya es de madrugada, pero aún está oscuro cuando Lozinski la acompaña a tomar el colectivo. Muchos años más tarde, Enriqueta recordará la intensidad del momento, la espalda ancha del ruso alejándose por la vereda y su propia figura borroneada reflejada en el vidrio del colectivo. Ella, que creía que la pintura no era producto de circunstancias históricas sino del genio que le había sido negado, tenía ahora un proyecto entre manos.

Esa noche, en el Hotel Melancólico, la Negra le confesó que necesitaba a alguien dentro de la oficina de tasación, alguien que en el futuro le autenticara las pinturas sin poner palos en la rueda. El Lydis había pasado pero debían asegurarse que los próximos no levantaran sospechas. Iba a haber otros, por supuesto, estaban cortos de dinero, siempre lo estaban, y de pronto la idea de vender cuadros falsos les parecía una posibilidad de dinero rápido, contante y sonante. Con el promedio que Enriqueta tenía en la Escuela podía conseguir trabajo en la oficina en un pestañar; nadie sospecharía de la mejor alumna. La Negra, desde el hotel, en esas habitaciones enormes donde se podía dejar el óleo secar durante semanas, haría el resto. Así fue como se formó la Banda de Falsificadores Melancólicos.

Desde el comienzo, la especialidad de la Negra fueron los Lydis. La condesa Govone —ese era el apellido de casada de la austríaca Mariette Lydis— vivía en Buenos Aires desde los años cuarenta y se había hecho un nombre retratando a la alta sociedad porteña. Toda familia de alcurnia que se preciara de tal tenía un retrato pintado por Lydis en alguna pared de su casa. No siempre la retratada era la hija más bonita. De hecho, decían que la pintora prefería a las *jolies laides* porque ellas le permitían licencias poéticas que las lindas jamás hubieran aceptado. En todos esos retratos, como en una clonación, hay rasgos que insisten: las pupilas líquidas, los pómulos altos, las narices chatas, las bocas anchas.

Lydis era una invitada frecuente en los círculos de clase alta, el roce con una condesa hacía sentirse bien a las señoras porteñas, les daba el lustre que añoraban. Pero con el tiempo la pintora comenzó a retraerse y perdió el gusto por la compañía. Fue entonces cuando empezaron a circular falsificaciones de sus pinturas. Era una época en que las pinturas de Lydis funcionaban bien en el mercado, eran una moda que nunca llegaba a convertirse en furor pero tampoco se agotaba. Había una demanda firme, los precios se mantenían estables y nadie se ponía demasiado puntilloso con la procedencia. Era un tipo de pintura que no levantaba sospechas, los controles eran más laxos; aún no existía la paranoia.

Cada uno de los miembros de la banda era un engranaje de la rueda, pero el talento lo ponía la Negra. Ella pintaba el cuadro, se lo apropiaba, hacía de la visión de Lydis la suya, pero más que copiar pintaba «a la manera de», que es todo un arte porque supone meterse en la cabeza del otro, requiere de empatía y, ¿por qué no?, de genio. Era una falsificadora original, si tal cosa existe. Una vez terminado el cuadro, el ucraniano lo fotografiaba; el ruso, con su hermosa caligrafía adquirida según él en las escuelas moscovitas, hacía los marbetes; el publicista que siempre vestía sacos de Anselmo Spinelli llevaba la pintura a una galería; la galería lo mandaba a autenticar y Enriqueta, que ya estaba haciendo sus primeras armas en la oficina de tasación, firmaba el certificado, y entonces la pintura volvía a la galería a la espera de un comprador o se mandaba a la casa de subastas. Era fácil, casi demasiado, y durante un tiempo la Banda de Falsificadores Melancólicos funcionó como un reloj. Existía un vínculo fraternal entre todos ellos, los que vivían a costa de timar a los ricos. De hecho corría el rumor de que todo el asunto estaba regenteado por la misma Lydis, que, encerrada en su departamento, solo se comunicaba a través de la Negra. Fue la época dorada de la falsificación. Lo habitual es que, pasado un tiempo, la banda se hubiera empezado a quebrar por dentro, por disputas de poder o de dinero. La historia del arte está plagada de grupos que no duran más de tres años, pero este no fue el caso. La banda siguió tocando, lo que cambió fue el gusto del público. Un día, el publicista llevó un Lydis a vender pero esta vez en la galería le dijeron: «Decile a la Negra que estos no salen más.»

Para una virtuosa como ella eso no suponía un problema. La Negra se puso a copiar Spilimbergos, Bernis, Basaldúas, y también esos le salían bien, aunque no descollaba como con los Lydis, en los que la transferencia era suave, completamente natural. Gambartes, por ejemplo, parecía sencillo pero tenía sus trucos, y por eso la Negra se ofreció como empleada de la limpieza en la casa del pintor. Aprovechaba las siestas del matrimonio para meterse en el taller y revisar los materiales. A la señora Gambartes le llamó la atención semejante mujer, y en busca de pruebas o para implantarle una le revisó la cartera. En lugar de huevos o harina, aquella empleada exuberante se llevaba los pinceles de su marido.

Al ampliar su espectro de artistas, la banda diversificó su mercado. Visto a la distancia, este parece ser el momento de quiebre, cuando la cosa dejó de ser una empresa romántica. Empezaron a llegar encargos externos, muchos de ellos venían de un coleccionista. Dicen que para este hombre la Negra pintó sus mejores Figaris. Eso jamás ha sido demostrado. En realidad, nada de todo esto ha sido comprobado. Lo que sí se sabe con certeza es que varios miembros de la banda solían visitar la quinta del coleccionista que quedaba cerca de unas edificaciones militares en las afueras de Buenos Aires. La quinta guardaba una monumental biblioteca de libros antiguos frecuentada por Borges y una pinacoteca donde se exhibían decenas de Figaris y un exquisito Chagall. Un conjunto de árboles de bruscas contorsiones, como podados por un jardinero sádico, rodeaban el parque. Durante el verano, la enredadera los cubría por completo, pero en invierno, al perder las hojas, dejaba al descubierto unas esculturas geométricas en acero de Enio Iommi.

Después hay un intervalo. Dicen que la Negra se enojó con el empresario cuando descubrió que por el mismo trabajo al pintor Rodolfo Ruiz Pizarro, por ser hombre, le pagaban mejor. «Los hombres crean, las mujeres copian», se decía en el ambiente de la falsificación. También dicen que signos de petrificación comenzaron a aparecer en las falsificaciones de la Negra, dicho en castellano neutro: sus copias ya no eran tan buenas. Lo cierto es que, de un día para otro, las pinturas de la Negra dejaron de entrar y, más o menos al mismo tiempo, ella desapareció. Cuando Enriqueta preguntó en el hotel, le dijeron que se había ido sin dejar datos. Siguió preguntando por ella durante un tiempo, pero nadie pudo ayudarla.

Uno a uno, los miembros de la Banda de Falsificadores Melancólicos abandonaron el hotel, que no mucho después se vendió a un convento de monjas suizas. Por entonces, Enriqueta ya era conocida como «La Uno» en la oficina de tasación.

La última vez que se cruzaron fue a fines de los ochenta, en una de esas noches de invierno en que los gatos se deslizan pegados a la pared. Enriqueta estaba en una esquina del microcentro esperando a que el semáforo cambiara a rojo cuando la vio venir; rengueaba como si tuviera roto el taco de uno de sus zapatos, cada tanto se paraba y husmeaba en las bolsas de basura. Llevaba la parte inferior del rostro cubierto con una bufanda de lana. ¿Miedo a los resfríos? Dudo. ¿Silencio autoimpuesto? Tal vez. Durante unos segundos, dos fuerzas energéticas se cruzaron. Nada que ver con la idea de mujer que uno tiene, esas que se hacen los claritos en la peluquería, heredan la vajilla de la familia y juntan puntos en el supermercado. Estoy hablando de criaturas de la noche, otro tipo de mujer. Cada una se encontraba en su mundo, se veían pero no se alcanzaban. La Negra pasó a su lado. Su mirada seguía siendo dura como una roca. ¿Adónde va esa mujer?, se preguntó Enriqueta, ¿adónde va?

–¿Y después? ¿No supiste más? –le pregunté la primera vez que escuché la historia.

–Se dijeron muchas cosas pero nunca creí ninguna –me dijo Enriqueta.

Como el rey Chaka, que obligaba a sus tropas a pisotear espinos para endurecerse los pies, Enriqueta había curtido su carácter a base de decepciones.

De todas las historias que escuché en el sauna, esta resuena en mi mente con más fuerza. ¿Fue todo lo que me contó verdad? Uno no inventa esos detalles, esas visiones, esos flashes. No sé. Enriqueta era la reina de la fabulación, la había escuchado inventar procedencias delirantes para las pinturas que según ella necesitaban un empujoncito en el mercado; la «Gran Bruce Chatwin» le salía con llamativa facilidad, pero de ahí a inventar todo esto...

40

LA GALERÍA DE MUJERES ILUMINADAS

«Después de escuchar una música irresistible, nos debemos contentar con el goteo de una canilla.» Es una mala traducción de un poema de Jim Harrison que describe nítidamente mi sensación tras la muerte de Enriqueta, cómo el mundo se empobreció para mí. Sin ella yo era una vaca sin pasto. Si estoy hablando como la heroína de una novela, ténganme paciencia, ya encontraré mi voz.

Unos meses más tarde abandoné la oficina de tasación y me lancé sobre lo primero que se me cruzó por la cabeza. Me convertí en crítica de arte. No es que me interesara especialmente esa profesión; de hecho, cuando leía una reseña sobre pintura solía leer los cinco o seis renglones del principio y los dos o tres del final y al terminar pensaba: ¿Qué le pasa a esta gente? ¿Ha tenido una infancia traumática? Pero Enriqueta me había entrenado para mirar, y de golpe la crítica me parecía una salida fácil. No tardé mucho en conseguir trabajo en un diario. Nadie se moría por entrar a la sección de arte, entonces debí haber sospechado que si nadie quiere algo, por algo es.

Mi nueva profesión consistía en cubrir las inauguraciones *under;* la crítica *senior* había perdido el interés en ellas hacía años, esa mujer merecería todo un capítulo aparte, pero acá, a lo Félix Fénéon, la resumiré en tres líneas:

«La crítica solía ir detrás del vino, bebida que nunca coincidía con las buenas muestras. Tenía además una cleptomanía llamativa. Solo robaba objetos difíciles de esconder: una fuente, una lámpara, un bol.»

Me caía bien, como podrán adivinar. Al poco tiempo me di cuenta de que escribir sobre arte es relativamente fácil cuando uno aprende la mecánica. Ves el objeto de arte, traducís esa visión en palabras y le agregás cualquier especulación que considerás apropiada. Si la visión no llega, también se puede escribir sobre la obra usando palabras que no existen dentro de una, palabras ajenas reunidas con destreza. Creo que la gente desprecia a los críticos porque la gente detesta la debilidad y la crítica es el género más bajo en el escalafón de la literatura. Pero justamente por ser el más débil tiene una atractiva impunidad.

Al principio, las notas las firmaba ella, pero como no era una mujer mezquina y ya estaba de vuelta de casi todo, pronto me dejó firmarlas solita. El nombre en letras de molde es un arma de alto impacto. Al rato, tenía mis lectores, subía y bajaba pulgares, no digo que pudiera cambiar la trayectoria del arte, pero sí podía mover el bote; yo agarré ese último estertor, ahora la manija la tienen los curadores.

Por ese entonces miraba por televisión a Perry Mason y sus episodios sobre el mundo del arte y cada tanto volvía a alquilar *Laura,* la película en la que Waldo Lydecker, el crítico de arte, escribe sus notas entre los efluvios de su bañadera y destruye reputaciones con el sablazo de su lapicera. Creo que el videoclub de la esquina sobrevivía en ese fin de siglo gracias a mí. Pero había noches en que a propósito decidía no prender la televisión; entonces, como sucedáneo,

Enriqueta se me aparecía en sueños. Caminábamos por un museo sin cuadros ni esculturas y ella iba desparramando sus aforismos como una reina sabia, pero no había jactancia en ellos, era su amor a lo breve lo que la hacía hablar así. Esos sueños se volvieron la mejor parte de mi vida. Al despertar, llevaba una existencia limpia y tranquila. Había días en los que creía que no iba a poder aguantar; lloraba de tan aburrida que estaba. Qué cosa monstruosa nuestro pasado, en especial cuando ha sido excitante. Cómo añoraba los viejos tiempos. Pero así como Bach pidió que no lo dejaran salir a la calle armado por si lo asaltaba repentinamente el deseo de matar, yo me mantenía lejos de las tentaciones. Si en algún recreo del trabajo alguien nombraba algún caso reciente de falsificación, instantáneamente miraba para otro lado. Miraba los lapachos en flor a través de la ventana, pero en realidad miraba cosas escondidas muy adentro de mí.

De vez en cuando la monotonía del mundo se interrumpe con esplendidez. Ese día ya no quedaba nadie en la redacción cuando al levantar la vista vi a un viejo con una casaca verde avanzar hacia mí. Parecía caminar al borde del precipicio, estar a punto de caerse y, a último momento, salvarse. Llevaba unas botas color cereza muy enceradas. En caso de necesidad, se podía encender un fósforo en esas botas. Lo reconocí de inmediato: Lozinski. ¡Qué desmejorado está, pensé, creyendo que yo estaba mucho mejor.

—Nos volvemos a encontrar —le dije con calma, como si estuviera acostumbrada a que los fantasmas del pasado se me aparecieran a cada rato—. ¿Cómo anda?

—Acá me tiene, señorita M, envejeciendo con dignidad —me dijo en su gramática pintiparada.

43

Le ofrecí al ruso un bol de nueces, últimamente siempre tenía nueces a mano, así como Rajmáninov tenía pistachos cerca para espantar el miedo. Lozinski se sentó frente a mí.

De lo primero que hablamos no fue del clima sino del pasado, que es otra forma de hablar del tiempo. Lozinski me contó que en la época de los zares se vivía bien y que, en el año 1918, su padre fue a ver a Lenin al palacio de Smolni para pedirle trabajo pero nunca supo de qué.

–Hablando de trabajos, tengo algo para usted –me dijo cortando la charla de golpe.

–Ah, Lozinski, ¿un último subidón antes del final?

Solo conocía a Matilde por descripciones, pero su aspecto me era tan familiar como el de una amiga de toda la vida. Compartía habitación con la Negra en el Hotel Melancólico y era tan flaquita que hacía pensar en un pájaro caído del nido antes de tiempo. Sentada con las piernas cruzadas sobre la cama, pegada a su Olivetti y a su papel carbónico, leía poesía surrealista francesa. A Matilde le gustaba la pintura, lo traía en la sangre, era descendiente en línea directa del ruso Marc Chagall, pero ella no hablaba ruso sino inglés. Había sido profesora de Julio Cortázar y una traductora exquisita de la editorial Sudamericana en una época en que brillaban los popes de la traducción. Cuando algo más que la noche oscureció las calles de Buenos Aires, se fue a Barcelona, donde tradujo a Tolkien. Por entonces, le escribía cartas a Lozinski, el único del Hotel Melancólico con quien había permanecido en contacto: «Me dijeron que la traducción quedó muy linda, muy poética, aunque yo nunca vi poesía en Tolkien. Debería haber leído todo esto de más chica; a esta edad ya estoy de vuelta y muchas cosas me parecen falsificadas.» Ahora ella vivía en Ibiza, en la residencia de Cas Serres, y apenas tenía para sobrevivir.

–No sé con quién hablará –me dijo Lozinski mientras tomaba la última nuez del bol–. La mayoría de los viejos ibicencos hablan payés. Para Matilde eso debe sonar como el cacareo de un gallinero.

–¿Para qué vino, Lozinski? –lo interrumpí.

El ruso sonrió. Abrió un paquete de cigarrillos Lucky Strike, sacó un encendedor del interior de su casaca, hizo girar la ruedita, lo trajo a la vida.

–Lo que trato de explicarle, señorita M...

Volvió a detenerse. Bajó la cabeza, como un conejito de juguete que se hubiera quedado sin cuerda. Pero su mecanismo interno no fallaba. Lo que hacía con la cabeza gacha era buscar algo.

No sé de dónde la había sacado. Yo no lo había visto entrar con ella. La puso sobre la mesa no sin esfuerzo y la empujó hacia mí. La valija de cuero no se había abierto en mucho tiempo y la hebilla de bronce estaba herrumbrosa. Saqué una Victorinox que tenía en el cajón y comencé a hacer juego suavemente. Finalmente cedió. Lo primero que vi fue un puñado de cartas prolijamente atadas con un hilo de cocina, al lado un paquetito con postales; más abajo, unas litografías separadas por papel manteca y, más abajo aún, algunos libros y recortes de diarios. Había más, pero no quiero abrumar con detalles. La idea básica ya estaba formada en mi mente:

–¿Qué es esto? –pregunté por preguntar.

–Memorabilia..., cosas que alguna vez pertenecieron a ya sabe quién...

–Sí, puedo leer... Mariette Lydis... ¿Son originales?

–Hasta donde yo sé.

–¿Y cómo los consiguió?

Entonces largó el párrafo probablemente más largo que yo le haya escuchado pronunciar en toda su vida.

–Fui el único heredero de Madame Vadim y tengo el Lydis del Hotel Melancólico juntando polvo en la pensión. Tengo estas cosas también, cosas que Madame fue comprando a lo largo de los años porque su abuelo Dimitri, el conservador del Museo de Kiev, le había enseñado que una pintura aumenta su valor si tiene una historia atrás. Cuando Lydis murió, Madame se puso a juntar cuanto objeto hubiera pertenecido a ella. Se hizo amiga del portero del departamento donde había vivido la condesa, revolvió las bolsas que tras su muerte se mandaron al Cotolengo, recorrió mercados de pulgas. Treinta años atrás uno podía encontrar maravillas en esos lugares. Pobre Madame, no llegó a ver el arco completo de su plan pero me dejó instrucciones. En algún momento, Lydis iba a volver, yo debía estar atento. Hace unas semanas estaba en mi balcón mirando cómo se ponía el sol cuando una idea se me vino a la cabeza: Quizás sea la hora, me dije. El búho de Minerva espera al crepúsculo para levantar vuelo.

–¿Adónde quiere ir con todo esto? –lo interrumpí.

En realidad yo sabía adónde iba. Rara vez un hombre le propone algo a una mujer sin que ella, minutos antes, no lo haya intuido.

El ruso sonrió, tenía mucha fe en su sonrisa gastada.

–Yo tengo la belleza –me dijo–, usted el cerebro, mi amiga Matilde necesita la plata..., ¿no ve que somos un trío hecho en el cielo?

–Nítidamente, Lozinski, nítidamente.

Quedamos cara a cara en un desierto moral, sin sombra protectora ni agua fresca. La pintura del Hotel Melancólico venía hacia mí, yo no había salido a buscarla; en realidad, no había hecho nada, que es criticable como actitud frente a la vida pero un crimen no es. Sentí que eran los hilos de Enriqueta moviéndose desde vaya uno a saber dónde. El plan se desplegó delante de mis ojos con precisión: una artista con un pasado, un coleccionista con un futuro, había que propiciar esa unión, armaríamos una subasta en torno a Lydis. Fue ahí cuando debí detenerme, agradecerle al ruso su confianza, levantarme y acompañarlo hasta la puerta de salida. Pero no lo hice.

En cambio, acepté el Lucky Strike que me ofreció.

Volvemos a lo que conocemos.

¿Llegué a recapacitar en serio sobre todo esto? Yo creo que debo de haberlo hecho de una manera superficial en algún momento entre esa tarde frente al ruso y la mañana siguiente cuando levanté el teléfono para llamar a mi contacto en la casa de subastas.

—Es una oportunidad maravillosa para hacer el bien —le dije a Alfonso mientras deslizaba el tenedor por mi lengua un poco más lentamente de lo esperado. Creo que Alfonso seguía una conversación imaginaria con una tercera persona porque me contestó:

—La razón por la que llevo un bigote es porque puedo oler mis pecados de anoche.

Colocó su mano sobre la mía. Alfonso es del tipo que piensa que si uno vive su vida sin enamorarse de nadie, será amado por todos. Quizás esté en lo cierto.

Sentí que me ruborizaba, con ese color picaresco que no es culpa nuestra sino de la sangre; corre ella, impetuosa, desde el corazón. Cuando le sugerí armar una subasta de Mariette Lydis, pareció bajarse del vertiginoso tobogán erótico al cual se había subido, y su mano, que minutos antes se había posado sobre la mía, se desprendió de golpe. Aunque durante toda la charla que siguió, el chisporroteo de sus ojos fue en aumento. Prestaba atención no por cortesía sino porque, como supe después, tenía un cliente. Me felicité, había contactado a la persona correcta. Alfonso ni siquiera me preguntó cuán limpio era todo el asunto. Eso sí, me pidió que fuera prolija. Sentí un poco de impresión ante el implacable cinismo, casi francés, de mi amigo.

Me invitó a su casa para continuar la charla en privado y después de unos Johnnie Walkers nos sentimos inspirados para abordar los detalles. Debatimos el plan bajo todos los aspectos.

—Pero ¿no se dará cuenta? —pregunté en un momento de flaqueza etílica.

—¿Cuenta de qué?

—Ay, no sé, ¿no son los coleccionistas personas obsesionadas con lo falso?

Alfonso me lanzó una mirada que yo creo que decía: ¿Lo falso? Hasta los museos están llenos de obras que en un momento se pensó que eran auténticas y luego, al darse cuenta del error, se las quedaron igual por su calidad.

Dejé de dudar. Por fin quedaron estipulados los artículos de nuestro arreglo, la forma y la manera en que procederíamos. Convenimos en que yo haría el trabajo intelectual y después él, para no levantar sospechas, lo presentaría como una investigación suya, un proceder muy común entre los empleados de las casas de subasta. «Resucitar al muerto», se dice en la jerga cuando se redescubre a un artista olvidado, y a los que hacen estas maniobras se los llama *Resurrection men*. Salí a la calle con la satisfacción de haber encontrado algo que hacer con mi vida. ¡Ay, cuando pienso en el valor que tenía entonces comprendo que yo debía ser una persona totalmente distinta!

La oportunidad es un sinónimo de la tentación, dicen por ahí. Durante los días siguientes acostumbré mi mente a la contemplación de mi propósito a fin de que, a fuerza de mirarlo, acabara por parecerme digno de elogio.

El Operativo Lydis me permitiría rescatar a una artista antes de que la cenagosa marea de los hechos se la llevara para siempre; el dinero, en su totalidad, sería destinado a ayudar a una dulce y anciana traductora en un geriátrico en Ibiza. La misión era sencilla y no exenta de nobleza, pero mis manos temblaban como si el diablo se hubiera apoderado de ellas. Sé que este es un adversario que huye si encuentra resistencia, pero yo estaba cansada de resistirlo. Además, ¿no son nuestras debilidades más hermosas que nuestras fortalezas? Me puse a leer todo lo que encontré sobre Mariette Lydis y luego me senté en mi escritorio a armar el catálogo. Hice las cosas de manera muy prolija porque si uno vive fuera de la ley tiene que ser honesto. Bob Dylan decía eso en una canción, se lo había robado a *The Lineup,* la película de Don Siegel. Es así: toda la humanidad es en definitiva un solo libro al que uno puede entrarle con tijeras y plasticola para armar su propio informe, que es un poco lo que hago yo acá. Escribí durante toda la noche y al terminar, como solía hacer mi tutora en sus buenos tiempos, soplé la punta de mi dedo índice.

CATÁLOGO DE SUBASTA DE BIENES DE MARIETTE LYDIS
Incluida una colección de postales, pisapapeles y gouaches
pertenecientes a la artista
Abril, 1997, 14.30 h
SÁNCHEZ DÁVILA REMATES

(Lote 1)
Postal del *Highland Princess*
Base: US$ 500

En junio de 1914, en vísperas de la Primera Guerra Mundial, cinco alumnos de la Royal Academy of Arts subieron a un tren con destino a Bristol. La Marina inglesa iba a probar una técnica nueva de camuflaje llamada *razzle-dazzle*. Su ideólogo, el pescador y artista Norman Wilkinson, había expuesto su hipótesis frente al escuadrón de élite; ni el submarino alemán mejor equipado, explicó, podría estimar a qué distancia se encontraba el objetivo si lo que tenía enfrente era un juego de rayas maníacas. La clave era producir una vibración óptica que volviera a los barcos ingleses ultravisibles..., visibles hasta el encandilamiento. Al término de su disertación, Wilkinson recibió permiso para sus experimentos y, unos días después, en el puerto de Bristol, sobre andamios y bajo lonas, los artistas de la Royal Academy pintaron sesenta barcos en líneas geométricas blancas y negras, o verdes y rojas, o amarillas y negras, el tipo de experimentos constructivistas que la Bauhaus fomentaría en sus alumnos unos años después, cuando los comandantes de los submarinos alemanes volvieron a casa y comentaron su encuentro con esos espejismos marinos. El *razzle-dazzle* no fue, militarmente hablando, ni un éxito ni un fracaso, pero por la fuerza de la costumbre en la Segunda Guerra Mundial todavía seguía en uso. A minutos de zarpar, el *Highland Princess* parece un huevo de Pascua recién decorado. O una cebra marina.

(Lote 2)
Valija de piel de cerdo
Base: US$ 2.000

Suben a bordo doscientos cincuenta pasajeros, entre ellos cuarenta niños que van sin sus padres y dan saltitos por la rampa como si estuvieran ingresando a un parque de diversiones. A la condesa Mariette Lydis Govone, como buena vienesa, no le interesan los niños, solo tiene ojos para su caniche; las malas lenguas dicen que lo usa para hacerle el amor. El perrito va en su canil junto a las valijas de piel de cerdo con las iniciales M.L.G. grabadas. Debió de ser necesaria una manada de cerdos de Yorkshire para preparar ese equipaje. La condesa mira la costa alejarse con las manos contraídas sobre la baranda barnizada que le mancha los guantes. Tiene la mirada distante, pero no hay nada de romántico en ella.

(Lote 3)
Boceto de la condesa Castiglione
a bordo del *Highland Princess*
Base: US$ 3.000

Dicen que cuando uno viaja se da cuenta de que en realidad no existe. Dos días después el *Highland Princess* navega con las ventanas selladas con paneles de madera, un avión enemigo cruza el cielo y cada tanto se oyen los proyectiles silbar, aunque nunca las detonaciones. A veces, Mariette saca su cuaderno y sus lápices, puede extraer todo lo que quiere de un lugar solo con una mirada. Ve a las altas inglesas, a las descuidadas norteamericanas, a las alemanas rotundas. Hay una italiana que le llama la atención; le habla en toscano a su marido y en alemán a su dama de compañía, elige el idioma como si estuviera eligiendo pastelitos. Cuando le pregunta a Lydis en francés si es artista, ella responde: «Soy una amateur», y le muestra algunos dibujos. Al humillarse falsamente busca elogios. A solas en el camarote, porque las mujeres solo saben ser amigas de a dos, Lydis la dibuja. La italiana es dócil, los italianos llevan en la sangre el arte de posar para los retratos. Hay días inmóviles bajo el sol en los que ni siquiera al mar se lo oye de lo quieto que está. Hay días de viento sibilante y de escora terrible en los que, más que caminar, hay que trepar. El timonel le explica a la condesa que la inclinación la está causando el carbón mal almacenado abajo. Y, para darse aires, le señala una línea verdinegra en el horizonte: «¿La costa finalmente?», fantasea ella. «No, un horizonte de tiburones.»

(Lote 4)
Rama reseca de abedul
Base: US$ 25

Baden bei Wein es la ciudad termal más antigua de Austria. Los romanos llamaban al sitio Thermae Pannonicae por sus aguas minerales sulfúreas, que oscilan entre los 33 y 37 grados y son eficaces para problemas de reumatismo y gota. Mozart acompañó a su esposa y compuso entre los vahos su «Ave verum». Beethoven intentó curarse ahí sus problemas de oído, pero los vapores terminaron por empeorarle su afección y le provocaron un tapón de cera. A fines de siglo, por sus galerías calefaccionadas cientos de personas caminan envueltas en toallas blancas, llevando en sus manos ramas de abedul. En Baden bei Wein nació Marietta Ronsperger, más tarde conocida como Mariette Lydis, y más tarde aún como la condesa Govone.

(Lote 5)
Collar de perlas
Base: US$ 25.000

Por la Hohenstaufenstrasse, hasta la ventana de la casa de la pequeña Marietta llegaba el olor de las aguas sulfúricas. Su familia judía no era sensible a estas cosas. Su padre poseía el talento de engatusar a las mujeres y lo usaba para venderles perlas, que antes de la invención de las artificiales era un muy buen negocio. Su madre era una educadora severa. Su hermano mayor tenía la mirada extraviada, y como no sabían qué hacer con él consultaron al doctor Krantz, un neurólogo que había publicado un estudio importante en dos volúmenes. Pero el doctor no pudo dar un diagnóstico preciso. Una mañana, la madre salió con el hijo muy temprano, Marietta desde su ventana los vio cruzar el Augarten. Cuando la madre regresó era de noche y estaba sola.

(Lote 6)
Tagesblatt, **fechado el 23 de noviembre de 1888**
Base: US$ 500

Llegan en el *Tagesblatt* de la mañana las noticias de la capital. En el Burgtheater de Viena se termina el panel de la carroza de Tespis, pintado por un tal Klimt que no parece satisfecho con su trabajo; está atrapado en un mundo viejo cuando todo lo que quiere es explorar lo nuevo. En un boceto ha intentado deslizar el dibujo de dos mujeres besándose, pero el barón Von Wilbrandt, encargado de la decoración del teatro, lo ha detenido. Otras noticias: las lámparas de gas de Viena han sido reemplazadas por la electricidad y es común ver en el Prater a los jóvenes darse un pequeño voltajito; enamorados de la modernidad, muchos terminan en el hospital. El príncipe Rodolfo promueve el uso del teléfono, pero para los vieneses aquel artefacto es una burbuja rococó: las llamadas están limitadas a diez minutos, de los cuales seis se pierden en los arabescos del protocolo. «¿Fräulein operator en Baden?», dice Fräulein operator en Viena. «¿Puedo tener el honor de desearle a usted un buen día? Es mi privilegio poder establecer una conexión entre su Excelencia, el barón Von W., que desea presentar él mismo sus cumplidos a su Excelencia..., por supuesto, su Excelencia estaría agradecido de poder contar con el enorme placer de conversar...» En Austria, la gente no termina de entender el progreso.

(Lote 7)
Fotografía de Sissi montando a Nihilista
Base: US$ 800

Hasta el Danubio está turbio a fines del siglo XIX; casos de tifus han sido reportados en varias familias. En contra de su voluntad, Marietta viaja por Persia, Grecia, Milán, Marruecos, Suiza. Si fuera por ella, sus únicos viajes serían mentales. Su niñera es prima de Fanny Angerer, la célebre peluquera que en la corte vienesa ganaba más que un catedrático cuidando el pelo de la emperatriz Sissi, y ella tiene cuentos que son trips en sí mismos: honrando la tradición de las jóvenes que escapan, la emperatriz Sissi huye de Viena. En su nueva casa en Madeira galopa en Nihilista, su caballo árabe favorito, el pelo le llega hasta los tobillos, pero ella prefiere llevarlo en una corona de trenzas que le provoca agudos dolores cervicales. Come solo hielos y trocitos de pan blanco, usa un corpiño mojado que al secarse le ciñe más la cintura, a la noche envuelve sus piernas en pedazos de bife para tonificar la piel y, al cumplir treinta y cinco, la edad en que las mujeres empiezan a secarse, se tapa la cara con un abanico de cuero: «Me cubriré por siempre para que la muerte pueda trabajar a solas, tranquila, con mi piel.» Melodrama, sí, pero del bueno. Y acá, la joven Marietta apuraba el cuento, para llegar a los últimos años, a la célebre galería de bellezas. Fue durante una estancia en Venecia cuando la emperatriz empezó a coleccionar fotografías de toda Europa. A su cuñado, el archiduque Luis Víctor, le escribió: «Comienzo un álbum y colecciono fotografías de mujeres. Te agradeceré me envíes todas las caras bonitas que encuentres.» Marietta también quiere tener su galería de bellezas, pero ella se ha propuesto pintarlas. Sueña con ser artista, pero sus padres se oponen, sin saber que al hacerlo le están dando a su hija el regalo de la necesidad.

(Lote 8)
Correspondencia entre Lydis y Bontempelli
Base: US$ 1.200

En pocos años, el mito de la Viena feliz pasa a ser el mito de la Viena neurótica, y como las mujeres suelen encontrar una solución práctica para sus preocupaciones, Marietta sale de Viena en 1915 de la mano de Jean Lydis, un millonario griego que la convierte en Mariette Lydis y se la lleva a vivir cerca de Atenas. Parecía el paraíso, pero ella no estaba hecha para él. «Apenas te vi sentí a las leonas deambular dentro de mí», le escribió a Massimo Bontempelli, el poeta italiano de pelo del color de las tinieblas que se apareció un día por la villa ateniense. Al reconocer en ella a una de su especie, Bontempelli la invitó a París.

(Lote 9)
Carbonillas con influencia oriental
Base: US$ 1.500

Era bella, sí, pero lo habría sido de un modo perfecto de haber tenido los labios más gruesos. Y aun así tenía un atractivo que sacaba el aire de una habitación. Era imposible ignorar su pelo rubio, la manera en que parecía iluminado desde adentro, sus ojos grises del color de las aves marinas y ese aire de ansiedad que flotaba a su alrededor. En París, Mariette Lydis comenzó a mostrar sus dibujos. Traía con ella imágenes con influencias orientales, es probable que esa imaginación voluptuosa se le hubiera disparado en sus viajes adolescentes a Persia.

(Lote 10)
BAUDELAIRE, Charles: *Les Fleurs du mal.* París,
G. Govone 1928. Ilustrado con dibujos en colores
de Mariette Lydis. Ejemplar n.° 115 de una tirada de
290 en papel Hollande Pannekoek
Base: US$ 2.500

Fue en una velada en la Rive Gauche donde conoció al conde Govone, editor de Les Presses de l'Hôtel de Sagonne. Lo primero que ilustró para él fue *Las flores del mal.* Gracias a la práctica francesa de conservar cualquier papel con algo escrito, podemos leer una hoja arrancada de una libreta donde Govone hace constar que la pareja sostuvo «una pasión fuerte y poco razonable» (Lote *Chers papiers,* Seghers, 1991). La austríaca Mariette Lydis pasó a ser la condesa de Govone.

(Lote 11)
Serie de acuarelas sobre flores
Base: US$ 5.500

A la imaginación asiática le sobrevino un segundo período de niñas fatales y santos, de flores prodigiosas que recuerdan a la holandesa Rachel Ruysch, de extrañas mutaciones animales en conejos, cotorras, lagartijas y cisnes, y más tarde, o en simultáneo, un período hogarthiano de cocottes y criminales que provocaron que un crítico la llamase: «una Botticelli en un mundo de Dostoievski».

(Lote 12)
Retrato de dama desconocida, óleo, circa 1920
Base: US$ 1.000

«Marqué par la rêverie fatale», dicen los críticos al mencionar las extrañas pupilas de sus retratadas. Algunos franceses la exaltan, otros la tratan de bruja. Es amiga íntima de Montherlant y pasa sus noches en el Quai Voltaire, en una fortaleza que mira al Sena propiedad del escritor.

(Lote 13)
Fotografía de Lydis, Kisling, Foujita, circa 1920
Base: US$ 1.500

La condesa lleva los ojos maquillados con kohl, unos polvos orientales de moda en esos días después de que Colette los santificara en su librito de secretos de maquillaje: «Si durante el día le da el sol, y por la noche la luz artificial, use kohl, incluso de noche.» Lydis se tomaba sus noches libres para vagar por los bares de mala reputación. En su bistró favorito, Chez Palmyre, tomó lecciones de francés privadas, diabólicamente privadas, con la mismísima Palmyre y también conoció a Foujita, a Kisling, al conde Lascano Tegui. Fue él quien le habló de Buenos Aires por primera vez.

(Lote 14)
Campera de aviación de Amelia Earhart, propiedad Lydis
Base: UD$ 55.000

Planeaba dar la vuelta al mundo en su Lockheed Electra. Era el vuelo que le quedaba por hacer. Amelia Earhart llevaba sales para mantenerse despierta durante la travesía ya que no tomaba ni café ni té. También llevaba un cepillo para cuando aterrizara: quería asegurarse de que su pelo estuviera presentable frente a las cámaras. Pero el 2 de julio de 1937 el avión hizo su último contacto con el buque *Itasca:* «Debemos estar encima de ustedes, pero no los vemos... El combustible se está agotando.» Unas horas más tarde ya no había señales del avión. «Se busca a Amelia en el Círculo de Howland», repitió durante horas la *Poste Parisienne.* Antes de subir al avión, Amelia le había dejado a la condesa Lydis su viejo equipo de aviación: una campera, unas antiparras, un gorro. Había manchas de grasa en todas las prendas. «¿Por qué volás?», le preguntó Lydis la noche antes de partir. «Para alejarme de mí misma», contestó Amelia.

(Lote 15)
**Edición de poemas de Muriel Spark, *Hand and
Flower Press***
Base: US$ 1.100

Los nazis están a metros de la frontera francesa. La
condesa y Erica Marx huyen a Winchcombe, un pueblo
inglés cerca de los Cotswolds. Erica es nieta de Karl y tra-
baja en la editorial del conde Govone. En Inglaterra, las
mujeres alquilan una casa en Hale Street, a la derecha del
verdulero, enfrente del carnicero, y para distraerse crean
The Hand and the Flower Press, una editorial especializa-
da en poetas desconocidos, entre ellos Muriel Spark. Durante las tardes, Lydis practica cómo ponerse la máscara
antigás: «Trato de acostumbrarme a los *blackouts*», le escribe al conde Govone, que se ha ido a Italia. Pero la guerra
le come los nervios. Un día saca un pasaje en el *Highland
Princess*. Es el último barco que sale de Inglaterra.

(Lote 16)
Fotografía Chittagong
Base: US$ 150

Desde el puerto de Buenos Aires, Mariette Lydis mira al
Highland Princess por última vez. Dos remolcadores lo cin-
chan lentamente alejándolo de la costa, pasan una boya, dos
boyas, tres, y recién entonces sueltan los cables de acero y la
hélice del barco larga su estela babosa. Dos años después, a
pesar de su *razzle-dazzle*, un torpedo lo alcanzará en Liver-
pool. Más tarde, lo comprará el empresario griego y futuro
magnate John Latsis, y aunque en la tradición naviera cam-
biarle el nombre a un barco es un mal presagio, su nuevo

60

dueño lo rebautiza. De todos los nombres lo llama *Marietta*. Su final es confuso, pero, según el *Merchant Fleets in Profile*, volumen 5, de Duncan Haws, el *Marietta* es herido por una mina Morska en Singapur y queda varado en el puerto, donde se convierte en cueva clandestina de adictos a la metadona. Termina sus días en Chittagong, un cementerio fantasma en las playas de Bangladesh donde se desguazan buques viejos para convertirlos en finas láminas de acero.

(Lote 17)
Colección de pisapapeles de Baccarat
Base: US$ 15.000

Europa se arranca de ella como una vieja piel de reptil. Lydis percibe de inmediato las posibilidades de su tierra adoptiva. En Buenos Aires se instala un tiempo en una suite del Hotel Plaza y luego se muda a lo que será su departamento de por vida en la calle Cerrito 1278, entre Juncal y Arenales. Durante un tiempo tiene el sueño entrecortado, el mar aún se mueve en su interior. Además hace un calor sofocante, y esa primera Navidad que pasa lejos de Europa el conde le envía dieciocho pisapapeles de Baccarat para que ella pueda refrescar sus manos sobre el vidrio.

(Lote 18)
Edición de *Escape from Anger*, Robert Manfred,
seudónimo de Erica Marx
Base: US$ 2.200

Desde Kent Erica le manda noticias: los servicios secretos espían el *cottage* porque en su casa se ha refugiado

Una Wing, la prostituta casada con John Avery, el niño rico que colabora con Hitler y que terminará en la horca. «El traidor más educado que conocí», dice Erica. Al finalizar la guerra, ella vende su editorial y se va a vivir a una barca adaptada como casa en el Támesis donde comienza a investigar la radiestesia, la parafísica y las terapias sónicas. Por esa época escribe un artículo llamado «¿Tienen los humanos un compás en la nariz?», en el que habla sobre un diminuto cristal de magnetita que tenemos localizado entre los ojos, justo detrás de la nariz, un mineral que también se encuentra en las palomas mensajeras, los salmones migratorios y los tiburones blancos. Funciona como la aguja de un compás sensible a los campos magnéticos de la tierra y es lo que nos permite orientarnos. A veces vuelve a Winchcombe con una varilla de madera en forma de Y; pasea por los caminos buscando flujos magnéticos. Es probable que extrañara a Mariette y que todo esto entrara en la categoría «cosas que uno hace para no perder el norte».

(Lote 19)
Nocturne, litografía, 1939
Base: US$ 8.000

El marchand alemán Federico Müller le ofrece a Lydis su primera muestra en Buenos Aires. En su galería en la calle Florida ella despliega sus dibujos, óleos, grabados y litografías. En el catálogo hay un texto de su viejo amigo Montherlant que dice: «¡Qué gran artista aquel que puede a la vez ser hombre y mujer! Mariette Lydis es de ellos.»

(Lote 20)
Dibujo *Enfant des bois*, 1944
Base: US$ 12.200

Lydis tuvo que apelar a toda su astucia de artista para transformar las desventajas de su exilio en bazas a su favor. Su estilo se consolidó en Buenos Aires. En sus nuevos retratos, el hombre casi no aparece; son las mujeres las que ocupan la escena y todas ellas comparten un denominador común: los labios gruesos y un poco perversos, las pupilas líquidas y los iris luminosos. Las bocas inflamadas anticipan el uso desaforado del bótox que cundirá por la ciudad cincuenta años después; la mirada de mapache es la de Daryl Hannah en *Blade Runner;* y el efecto neón, esos ojos iluminados por dentro, se verá en *Los chicos del maíz,* de Stephen King. Parecen mujeres a punto de convertirse en animales o animales recién convertidos en seres humanos. La estética de sus pinturas en estos años tiene el brillo triste y un poco enfermo de los Goldfish que Luis XV importó de China para entretener a Madame Pompadour.

(Lote 21)
Retrato, *Soucis et plaisir de Cynthia,*
óleo sobre tela, 1951
Base: US$ 3.200

A través de una terraza que parece un jardín suspendido está el estudio de Lydis. Las señoras bien de Buenos Aires la proveen de alumnas. Una modelo que pide no revelar su nombre posó para ella hace sesenta años. «Mi mamá me dejaba en la casa y me buscaba a las dos horas. Durante las sesiones de dibujo, la condesa me ofrecía helados; tocaba una campanita de cristal y venía una secretaria a quien llamaba "Ye" que me daba miedo porque siempre vestía traje y corbata. Había una chica, Maria Karen, que era alumna de ella y hacía dibujos igualitos a los de Lydis, cosa que a la austríaca la enfurecía. Cuando venían a buscarme, Lydis decía: "Esta niña es creación mía", y a mi mamá se le ponían los pelos de punta. Es verdad que nos parecíamos mucho. Un día me invitó al campo pero no me dejaron ir. Otra vez viajamos a Venecia y fuimos a ver una exposición suya porque iba a colgar mi retrato. Sería alrededor de 1952. Era una galería sobre el Gran Canal y la muestra tenía como treinta retratos, todos de chicas, todas con un leve parecido a ella. En mi retrato me hizo unos labios muy gruesos, tan absurdos que cuando la pintura volvió a Buenos Aires y la colgaron en casa, mamá agarró sus óleos e intentó achicarle la boca. Quedó más rara de lo que ya era.»

(Lote 22)
Anotaciones encontradas en el cajón
de la habitación de Lydis
Base: US$ 1.500

GABRIELLE: mitad árabe, mitad francesa. Es pintora, posa para poder pagarse las clases después. Está casada, es inteligente y seria.

OLGA: pequeña, ojos lánguidos, el pelo a la garçonne. Sufre de neurastenia y se pasa horas frente al espejo. Quiere ser mi amiga. Soy lenta para hacer amigas, le advierto. Me han dicho que a usted le gustan las mujeres, me dice. ¿A quién no?, le contesto. Adiós, Mademoiselle, le digo al irse. Me mira, la voz grave, me dice: Llamame Olga.

RENÉE: piel morena, labios gruesos. Cuando se fue, esperé su llamado. Yo pensaba: Teléfono, pequeño dios negro, suena o te estrangulo.

(Lote 23)
Dibujo, *Étude de petite fille aliéné*, 1940
Base: US$ 1.500

Encontrado en una agenda de M. Lydis, escrito de su puño y letra: *El asilo: en Atenas, en París, en Milán, en Grecia, en Marruecos, en Buenos Aires, el mismo olor nauseabundo en todos los manicomios del mundo. Lo único que varía es la cantidad de moscas, aunque su presencia parece inevitable. El blanco domina como color en todas partes; le da un aire medieval. Las mujeres, siempre despeinadas, son de dos tipos: las de ojos que brillan y las de ojos que se apagan. El timbre de sus voces es metálico, como si estuvieran hablando adentro de una regadera. Hacen pipí paradas y en el lugar, como los caballos.*

(Lote 24)
Grabados *risquées* atribuidos a M. Lydis
Base: US$ 1.500

«Hay en mí algo tan inestable como el agua», escribe en su libreta. Está en La Boutique des Fleurs, en la esquina del Plaza Hotel donde se venden libros ingleses y franceses, grabados y arreglos florales hechos por la propia dueña, Julia Bullrich de Saint, amiga íntima de Lydis. Pero en los estantes de la trastienda, mientras sirven el té con brioche y scons, se venden también imágenes *risquées*, los más accesibles son los dibujos eróticos de Lydis y Suzanne Ballivet; a otro precio hay shunga de Utamaro y Hokusai.

(Lote 25)
Retrato, *Pasó una mujer*, óleo sobre tela, 1963
Base: US$ 33.000

A los setenta, Lydis se quejaba como la reina Isabel: la vejez la había tomado por sorpresa. En sus últimos años se había armado su propia galería de bellezas iluminadas. Retratos de mujeres de una luminosidad artificial, variaciones sobre el tema de la ninfa luminosa. La luz de esas mujeres no es bendita ni mala, es más bien una luz esotérica, la legendaria luz astral que recorre la teosofía desde Helena Blavatsky a Rudolf Steiner.

(Lote 26)
Retrato de mujer anónima, óleo sobre tela, circa 1960
Base: US$ 50.000

Su última amante, treinta años menor que ella, le anunció que se iba de viaje. Lydis la pintó rodeada de caracoles; no fue una de sus últimas pinturas sino la última. «A tu regreso el espejo me dirá si puedo verte», le escribió la condesa. «Pero ¿seguirás siendo lo suficientemente joven?»

Lydis murió el 26 de abril de 1970. El mapa del cementerio Recoleta anuncia que su cuerpo descansa en el nicho 212. Pero esa es una información desactualizada. El nicho 212 fue vendido hace años. Lydis está solo en sus dibujos y pinturas.

Tantas cosas pueden salir mal que es casi un milagro cuando una sale bien. La Operación Lydis fue un éxito, todos los lotes se vendieron a la misma persona, lo que confirma una vez más que el arte y el dinero son dos ficciones culturales que lindan con el acto de fe. Cuando un coleccionista compra no está comprando arte, está comprando una confirmación social de su inversión. Paga para estar seguro, y estar seguro es caro. Pero yo no soy quién para pontificar. Lo que importa es que tras la subasta Lozinski viajó a Ibiza; debajo de su casaca verde llevaba una riñonera con el dinero para la anciana traductora, su antigua amiga del Hotel Melancólico.

En fin, la Operación Lydis estaba cerrada pero algo había quedado fuera de catálogo. Un libro entelado en un dorado desvaído con manchas de moho salpicando la tapa. Sobre ella, en letras símil caligrafía china, de arriba hacia abajo se lee DER MANTEL DER TRÄUME.

Este libro es de lejos mi obra preferida de Mariette Lydis, y fue un inesperado cruce de planetas lo que lo trajo al mundo cuando, en el otoño de 1922, la reformista social vienesa Eugenie Schwarzwald se acercó al emigrado húngaro Béla Balázs con una propuesta.

Una jovencísima protegida suya había terminado una serie de acuarelas y buscaba a alguien que pudiera escribir cuentos inspirados en ellas. El joven Balázs era parte del grupo de exiliados en Viena y una promesa de las letras: Béla Lugosi, Robert Musil y Arthur Schnitzler se sentaban a su mesa a tomar café. Balázs escribía óperas, novelas, poesías, obras de teatro, guiones, artículos políticos y críticas de cine, había trabajado con Pabst, con Eisenstein y con Leni Riefenstahl, hasta que la directora leyó *Mein Kampf* y lo borró de los créditos de su película por judío. Era un hombre versátil, Balázs, el paradigma del hombre moderno, el tipo que conocía a todos, hacía todo y escribía todo. En tres semanas –según la editorial, D. R. BISCHOFF, el libro de cuentos tenía que publicarse antes de Navidad para garantizarse algunas ventas–, Balázs escribió *Der Mantel der Träume (El abrigo de los sueños)*, inspirado en las acuarelas de Mariette Lydis. Son extrañas las fábulas de terror de Balázs, pero lo más perturbador del libro son las imágenes que tocan, como la aguja del acupunturista, un punto neurálgico en mi cabeza. No tienen nada que ver con los retratos *kitsch* por los que Lydis sería reconocida más tarde, aunque ya presagian esa atmósfera inestable que persiguió a la condesa toda su vida. Unos gordos untuosos en una casa de baños, un emperador macilento de dos cabezas, un viejo exangüe rodeado por las calaveras de sus antecesores. Son sueños que oscilan entre la deformación modernista de Aubrey Beardsley, el expresionismo de Soutine y aquello que se conoció a principios de siglo XIX como la *chinoiserie* alemana. Estas acuarelas tienen algo caricaturesco, pero un tipo de caricatura muy seria, casi blasfema. Son imágenes que pueden sostener semanas de fantasía y especulación. ¿Dónde captó la joven Mariette la sintonía de onda emocional para registrar estas escenas?

He estado pensando en eso desde hace un tiempo. Tomé este libro prestado de la valija de Lozinski y ahora lo llevo conmigo a todas partes, de hecho me lo he traído al hotel y lo guardo en la caja fuerte que está empotrada dentro del ropero. Pensar en ese objeto me produce un involuntario movimiento en la comisura de la boca. Es la fisonomía del tigre paladeando el placer de una buena cena nocturna.

Pero hasta un niño de cinco años sabe que a toda alegría le sigue siempre una sombra. Me ha pasado tantas veces que ahora me resulta imposible aceptar un regalo de los dioses sin, un segundo después, pensar en la ristra de futuras desgracias con las que tendré que pagar mi buena suerte. Y así como nada se queda quieto en mi mundo, tras el subidón de la subasta mi ánimo adoptó un movimiento pendular. Comencé a sentir que andaba mal ecualizada, que mi *dimmer* interno se había roto. Por seguir sumando imágenes hasta dar con la exacta: me sentía arriba de una hamaca que iba para atrás y para adelante sin nunca tocar la tierra. Jamás los puntos y comas de mis artículos fueron tan chapuceros como en esos días de ansiedad supina.

Por un lado entré en un estado comatoso. Nada que hacer. O más bien, la misma rutina de siempre, que era como la nada. Ir a muestras de dudosa calidad, tomar vino malo, sonreír, fingir entusiasmo, prometer visitas a talleres que nunca sucederían, repetir qué genial, qué maravilla, los resortes de la charla de arte, volver a casa, tomar un vaso de agua para desintoxicarme, sentarme frente a la computadora, escribir la reseña con fingido interés, una sucesión de expresiones gastadas del tipo «la obra dialoga con el entorno», «la instalación pone en jaque el espacio-tiempo», «el video cuestiona de manera radical nuestra percepción», lenguaje leguleyo, vacío, come caracteres, en fin, algún remate rapsódico y mandar la nota antes de empezar a olvidar lo que se ha visto. A veces había dos, tres inauguraciones por semana, no era necesario ir a todas. Con ver las fotos me daba una idea bastante acabada de qué iba la cosa. De la abulia pasaba a la efervescencia maníaca. Desarrollé el hábito, por llamarlo de alguna forma, de ver a Enriqueta en las inauguraciones. No es que tuviera visiones como San Francisco en el monte Verna, ni que pudiera ver gente muerta, lo que yo veía era su doble, que como es algo más real es también más espeluznante. La primera vez que me pasó fue con una viejita en una muestra en la calle Arroyo. De atrás esa mujer era un calco de Enriqueta, hasta la forma de mirar el cuadro muy de cerca como si estuviera drogándose con la trementina se le parecía. Caí al suelo. Por un instante perdí la vista y la facultad de moverme, pero escuché los gritos, los pasos que se acercaban y que alguien decía: «Siempre me pareció un poco rara.» Me levanté con dignidad y pedí un vaso de agua.

La segunda vez que vi al doble de Enriqueta fue en una galería de gente joven y moderna cerca de la cancha de Atlanta en Villa Crespo. Aunque se hiciera la canchera con su lata de cerveza Quilmes en la mano, la viejita sobresalía entre todos esos barbudos de remeras apretadas. No sé si era la misma vieja o era otra. ¡El hecho es que era igual! Me puse tan nerviosa que terminé en una guardia médica. El electrocardiograma dio bien. «Es una taquicardia sinusal», me dijo la doctora. «Usted tiene un buen corazón.» ¿Yo un buen corazón? No tenía fuerzas para discutírselo.

Fue entonces cuando pedí unos días de descanso en la redacción. Qué curioso, nadie protestó. Para entonces vivía sola y el hábito crecía en mí. Me encerré en mi departamento durante semanas y comencé a llevar la vida retirada de una cenobita, y no es que hubiera sido demasiado dada a la sociabilidad antes. Leía revistas de ciencias ocultas, miraba horas de televisión, en especial el programa sobre arte de la hermana Wendy Beckett, y solo salía de noche empujada por el hambre, deseo que aplacaba o engañaba con facilidad en el quiosco de la esquina con unos panchos sobrehervidos que parecían una cicatriz con queloides. Daba una vuelta a la manzana para terminar de hacer la digestión y volvía rápido a casa a pelar la naranja de postre con mi vieja Victorinox; quería estar ahí por si la suerte llamaba a mi puerta. En esos días mi mente confusa logró sosegarse y pude reconsiderar los encuentros con la doble de Enriqueta con la cabeza más descansada. Proust decía que estéticamente el número de variantes humanas es tan limitado que no importa dónde estemos, siempre tendremos el placer de encontrarnos a alguien a quien creemos conocer. Por cada persona hay siete réplicas exactas de sí misma. Me pareció una explicación satisfactoria y con ella cerré de un golpe esa puerta por la que entraban correntadas.

Poco a poco aprendí a controlar la actividad de mi corazón como un faquir de la India y llené mi botiquín con frascos goteros que me proporcionaba una vecina homeópata. No iba ni a la cocina sin mi Golden Yarrow, mi Star of Bethlehem, mi Borage, mi Angelsword. Desarrollé, además, el curioso hábito de escuchar baladas románticas. Surtían un efecto milagroso en mi persona, me ponía feliz, tan feliz que a veces me inquietaban. No solamente me hacían sentir feliz, sino también buena, en un sentido nuevo, casi religioso. *God's help is nearer than the door,* dice un proverbio irlandés. En fin, me ayudé a mí misma.

Fue un viaje de ida y vuelta casi sin salir de mi habitación, y la precisa combinación de ejercicios yoguis, flores y música un mes después me depositó como nueva en el diario dispuesta a retomar mi rutina. Jamás hubiera esperado otro golpe, pero la vida, con su mano de hierro, me duplicó la apuesta. Como dice la abuela de una amiga: «Que te haya sucedido una desgracia no te exime de que te suceda otra.» El guardia de la puerta del diario, un tipo que no actuaba sino mecánicamente como alguien que ha tomado una dosis de estramonio y ya no pone interés en nada, me prohibió la entrada. Cuando pregunté por qué, el hombre sacó del cajón de su escritorio un papel que estaba bellamente impreso en caracteres góticos y leyó con solemnidad: «El martes último, a las 15 horas, la gerencia hubo de contratar de urgencia a otra persona para cubrir la Bienal de San Pablo.» Estaba todo dicho. Pedí que me dejara al menos recuperar mis libros. En realidad quería espiar un poco la situación y tanto insistí que al final logré mi cometido. Debería haber recordado el consejo de Enriqueta. «Nunca te enfrentes a un enemigo al final de un viaje, a menos que sea él quien haya viajado.» Sentado sobre mi escritorio, me encontré a un joven de rostro cadavérico y ojos ambiciosos. Apenas verlo supe que era un mejor representante de la especie crítica de lo que yo sería nunca. Lo felicité con irónico servilismo. Me extendió la mano para saludarme y al tocarla sus dedos me parecieron duros como agujas en una rueca. Me bajó la presión. Aguanté. Tengo que ser valiente, me dije, y sobre todo disimular lo que siento. Mis libros estaban en cajas prolijamente amontonadas cerca del baño. El joven se ofreció a llevármelas hasta la calle, era obvio que quería asegurarse de mi rápida partida; mis ahora excompañeros me miraron salir con caras sonrientes, verdaderos teatros de la mentira, yo ya era lo suficientemente grande para saber que la verdad es austera. Abandoné al fin ese antro con la cabeza alta.

En la esquina paré a un taxi cuyos vidrios polarizados le daban un aire clandestino e interesante, y me estaba acomodando adentro con mis piernas y bártulos cuando vi que el joven crítico cerraba la puerta de golpe; no me gustó nada ese apurón, la que debía manejar el ritmo dramático de la escena era yo, después de todo era mi despedida. Entonces sentí algo orgánico, por decirlo de algún modo. ¿Me estoy desmayando otra vez?, me pregunté, y miré por la ventana para tratar de entender. Fue ahí cuando la vi. Era mi mano, la derecha, y había quedado atrapada. Mis dedos estaban siendo triturados por el filo superior de la puerta del taxi.

Pero la rueda de la fortuna medieval volvía a girar, ¿cuántas veces había girado en el último mes?, ¿cuántas veces lo haría ese día? El romano Boecio decía: «¿Intentas detener la fuerza de esa rueda? ¡Ah! Iluso mortal, si la Fortuna se detiene, deja de ser Fortuna.» El asunto es que, al escuchar mis gritos, el chofer del taxi, un chico de pelo dorado hasta los hombros, voló hacia mí cual ángel de Giotto, destrabó la puerta guillotina y un segundo después me pasó una bolsa de hielos dentro de la cual me ordenó sumergir la mano magullada. Entonces volvió a su asiento de piloto, puso primera y aceleró haciendo chirriar las ruedas del taxi sobre el asfalto como en una persecución. Le di la dirección de mi casa, pero en lugar de ir por el camino más directo tomó por calles laterales, parecía conocer un atajo. La vista se me nublaba mientras la ciudad pasaba frente a mi ventana, pero iba tranquila, me sentía cuidada por primera vez en mucho tiempo.

Mientras el taxista sorteaba autos con habilidad, me interiorizó en su arte. Quizás lo hacía para distraerme del dolor, quizás para convertirme a su fe, he visto a los pastores brasileños reclutar miembros en los hospitales: los enfermos y caídos son presa fácil. Digo esto porque, a pesar de su aspecto angelical, el hombre era un experto en ninjutsu y su auto polarizado, una armería undercover: sobre la luneta, envuelta en un trapo de terciopelo negro llevaba una katana, bajo el asiento del copiloto unos nunchaku y cual adornos navideños colgados del espejo, varias estrellas ninja de acero reluciente. Yo no sabía nada del tema, pero parece que los ninjas surgieron en Japón durante la era feudal, cuando el campesinado se rebeló contra la opresión del emperador. Al comienzo, para luchar, utilizaban rastrillos, bastones y guadañas, pero como eso no les resultó suficiente, ampliaron sus técnicas de batalla para volverse maestros del espionaje, los disfraces y la falsificación. Después me perdí un poco en cuestiones históricas.

–Tomá mi tarjeta –me dijo el taxista-ninja cuando llegamos a mi edificio–. Veo que tenés enemigos. Nadie está exento.

Más tarde, en mi balcón, dándole de comer miguitas de pan de pancho a las palomas, paralizada moral y físicamente, estimé que para ese entonces el joven crítico ya estaría arriba del avión rumbo a la Bienal de Brasil. En todos mis años en la redacción yo nunca había conseguido ni un viaje a Chivilcoy, pero eso quizás era un problema mío, no suyo, y mientras sentía una lágrima correr por mi mejilla me pregunté si no serían de cocodrilo. A veces uno entra en personaje y es difícil distinguir. Así fue como al final perdí mi trabajo. Los días como crítica de arte se habían terminado para mí. ¿Era buena suerte?, ¿mala suerte?, ¿quién sabe?, dice el proverbio chino.

Mi habitación en el hotel tiene un espejo biselado y grabados de gauchos con boleadoras persiguiendo avestruces que escapan abriendo sus alones y describiendo gambetas en la tierra, una típica escena fronteriza. También está el escritorio Luis XVI en el que nunca me siento y una cortina *black out* que mantengo baja. A mediados de la semana, el conserje me avisó que esa noche tocaría una banda. «Qué curioso, una banda, tal vez baje a escucharla», prometí con voz aniñada, casi como si fuera otra, como si probara distintas personalidades.

Unas horas después me puse mi tapado de piel, tomé coraje y salí. El salón de música resultó ser una habitación mal iluminada y fría, un piso de linóleo, algunas mesitas desperdigadas y cinco o seis señores reunidos alrededor de sus bebidas negruzcas. Convine con la moza que me acercó mi Bloody Mary que era una mala noche para esa época del año. La banda resultó ser de mujeres. Casi todas lucían colorete en sus mejillas más o menos marchitas y no parecían tomarse muy en serio la ejecución del programa musical. Volví con el cerebro perturbado por los ritmos de una balada que parecía húngara.

Así quedé. A la noche, sin poder dormir, ¿qué no podría hacer? Ninguna maldad me resulta ajena, aunque también, ¿por qué no?, podría abrir el cajón y leer un Evangelio. A veces creo que este hotel es una especie de sotobosque para larvas como yo. Rara vez entra alguien a limpiar mi habitación y por los pasillos he visto mujeres con bebés en brazos pero nunca se los escucha llorar.

Hay veces en las que, desvelada, miro mi sonrisa frente al espejo. Intento corregirla, volverla simétrica, que las dos comisuras se levanten al mismo tiempo y a la misma altura, que haya armonía en mi rostro. De todas formas la sonrisa es una máscara. He aprendido que la parte más sincera de nuestra cara son los ojos. Joe Navarro, el barman del lounge del hotel, me dijo que los ojos son el barómetro más preciso de nuestros sentimientos. Cuando vemos algo que nos gusta nuestras pupilas se dilatan y, si algo nos disgusta, se contraen. No hay manera de controlarlos. Supongo que por eso los seminaristas franceses del siglo XIX, amantes de la santa conspiración, llevaban siempre la mirada cabizbaja.

Pero no quiero dar una idea incorrecta. Estas charlas con los empleados del hotel son la excepción a la regla. Desde que llegué acá he esquivado sistemáticamente la conversación con la gente. La mayor parte del tiempo me quedo en la cama, es mi balsa. Sobre los papeles floto a la deriva a kilómetros de la costa.

Después de ser formalmente despedida del diario anduve un tiempo desempleada. No fue una buena época. Llegó un momento en que me volví poco menos que un cadáver en una banquina. Ya ni siquiera tenía picos de ansiedad, mi estado general era de un abatimiento constante, un sentimiento acumulado de inutilidad. En esos días sentí el poder de la mente, cómo esta puede zamarrearte a su antojo si una la deja hacer, no tengo una forma más sutil de decirlo. Fue en un intento por tomar al toro por las astas cuando me acordé de una técnica que empleaba Enriqueta para enfocarse. Consistía en esconder cincuenta granos de arroz por toda la casa, en cualquier sitio, en un estante de la heladera, atrás de un florero, en un cajón del baño, debajo de la almohada, adentro de un zapato, las posibilidades eran casi infinitas. Los escondía en un buen día y luego los olvidaba por completo hasta que llegado el día raro, el día mal ecualizado, recordaba su medicación.

La prescripción era sencilla: debía buscar los granos de arroz, buscarlos uno por uno, los cincuenta, y no parar hasta dar con el último. «Una búsqueda te ordena», me había dicho, «mantiene la cosa a raya.»

Es posible que este recuerdo haya precipitado todo lo que siguió, pero quizás fue algún otro escondido en una napa profunda de mi inconsciente. Lo cierto es que una tarde en que intuí que debía hacer algo urgente por mí misma o pronto no habría marcha atrás, se me cruzó el no tan peregrino pensamiento de sacar la vieja Rolodex que tenía guardada en la parte de arriba del ropero. Me la había llevado de la oficina de Enriqueta tras su muerte, pero jamás la usaba. Me subí a una silla y me puse en puntitas de pie para alcanzarla. Perdí el equilibrio, lo recuperé enseguida. La Rolodex era más pesada de lo que recordaba y su forma poco práctica, dura y blanda a la vez, la hacía incómoda de sostener. La coloqué sobre mi cama y la miré con devoción como a un becerro de oro. Me acosté a su lado y la hice girar remolona mirando el cementerio de nombres que contenía. Se abrió, como la boca de un Pacman, en una tarjeta amarillenta.

Tuve que sacar varias tarjetas más. Muchos teléfonos no contestaban, otros sí, pero cuando escuchaban el nombre se disculpaban, no sabían de qué les hablaba, otros directamente me cortaban antes de que yo terminara la explicación. Pero cada tanto uno decía: «Ah sí, claro..., ella.»

LA NUBE DEL NO SABER

La ventaja de entrevistar a gente mayor es que una sabe más sobre ellos de lo que ellos saben sobre una. Casi se puede inventar una vida en el momento, dotarla de todo un pasado excéntrico y maravilloso. Cuando llegué al bar, la moza me indicó una mesa pegada a la ventana donde un hombre corpulento, de edad indefinible, se inclinaba sobre su libro. Germán llevaba un saco blanco y parecía salido de un cuento de Maugham situado en Malasia, podría haber estado en la veranda de un bungalow bebiendo de a sorbos un Singapore Sling. Había sido amigo del novio. Los amigos del novio siempre tienen algo que decir sobre la chica. Le dije de qué quería hablar. Lo sorprendió el nombre aunque yo ya se lo había anunciado por teléfono la noche antes. Lo repitió para sí y, cuando llegó la moza, se lo repitió también a ella como una contraseña. Ella le sonrió. Me quedó claro que eran ellos dos y yo. De alguna manera tenía que romper la entente.

–¿Cómo era? ¿Tan linda como dicen?

–Era rutilante, lúgubre, extraña.

–Era la mujer de su amigo.

–Cuando la conocí ella ya no salía con él pero seguía ejerciendo su influencia de musa.

–¿En qué sentido?

–Tenía algo de la figura de Lilith, esa cuyo fuego ilumina pero también quema. Claro, tenía sus talentos también, pero hay mujeres cuya única vocación es ser recordadas por haber mantenido una relación amorosa con tal o cual celebridad...

–A mí me interesan sus obras.

–A ella no.

–¿Realmente?

–Me atrevería a afirmarlo.

–¿De dónde venía?

–No sé, era un alma errante y nadie se preguntaba esas cosas en esa época.

–¿Qué la hacía distinta?

–Al comienzo eran los detalles: fumaba habanos, se ponía minifaldas. ¡Qué difícil ahora, cuando se puede hablar de orgasmos frente a un plato de maníes, recordar la fuerza de los viejos tabúes! Decían también que había sido la primera en traer la marihuana al país. Marihuana y preservativos que vendía con una amiga en un local de ropa chic en la calle Montevideo. Después había historias más delirantes, que jugaba a la ruleta rusa en las noches de borrachera, que andaba en cosas de magia negra.

–¿Con quién se juntaba?

–Se movía por varios grupos, no pertenecía a ninguno. Podía pasar de los intelectuales del Moderno a los músicos de la Perla con extremada fluidez. Más hacia el final de los sesenta llegó el pico y ella andaba en esa experimentación. A algunos, el asunto les cobró un peaje caro.

–¿Y a ella?

–No sé, en esa época ya no la veíamos. Pero algo me dice que debe haber zafado. Era una mujer cerebral, dominada por sus pasiones solo de a ratos. ¿Me entiende? Tendía a la autopreservación, era destructiva hasta un punto nada más. Yo creo que atravesó una época de oro y otra de oscuridad, siempre un poco en los intersticios. ¿Leyó el libro de Correa? Él la menciona.

–Sí, lo traje conmigo. Le leo: «... la pareja atestará la habitación de semifinos muebles presuntamente japoneses y con un real pequeño cocodrilo que se albergaba debajo de la cama erótica y que regularmente sobresaltaba a los amigos que visitábamos a este trío. Pienso, ahora, que el cocodrilo era menos un deseo de Oscar que de la Negra. Él la amaba mucho; todos la amábamos. Y ella vivía con Oscar y mimaba, impávida, al cocodrilo».

–Ahí tiene, él la conoció mejor, yo era más chico.

–Pero Correa no está..., ¿es verdad lo del cocodrilo?

–Dicen que se llamaba Abdul, yo nunca lo vi. Dicen que se dejaba acariciar pero ella tenía siempre una pistola cargada sobre la mesa.

Se quedó en silencio y yo, contra toda sensatez, pregunté.

–¿Oyó hablar sobre sus falsificaciones?

–Por supuesto.

–¿Las vio alguna vez?

–Nunca.

–¿Pero era algo que se sabía?

–Todos sabíamos. En esa época a nadie se le hubiese dado por acusarla de nada, todo lo policíaco estaba mal visto. Que fuera falsificadora se lo veía como una virtud. ¿Sabe? No sé si ella lo pensaba así entonces o es algo que yo creo ahora. A veces me pregunto si la falsificación no es la única gran obra del siglo XX.

Volvió a caer en el silencio y yo me pregunté si acaso esta no sería la antigua técnica para hacer hablar al otro. Callé sin apurarme a llenar el vacío. Pero la ansiedad me ganó.

–¿Habrá muerto?

–No lo sé... La verdad es que me caía bien, pero no podría decir que la conocía.

Otro silencio, a esta altura ya me había dado cuenta de que eran silencios espontáneos, no había nada premeditado en este hombre, ninguna especulación.

–Mire, lo lamento, pensé que tenía más que contar pero ahora noto que no. Yo era más chico y ya por entonces para mí ella tenía el aura de la leyenda. Una leyenda que había sucedido hacía solo cinco minutos; eso era lo extraño de la Negra.

Ahí estaba la inextricable mezcla de poesía y verdad que configura toda leyenda. Se podía hacer algo con una historia así, pensé al levantarme de la mesa, y en los días siguientes me fui convenciendo poco a poco. Buscaría a la Negra, revolvería cielo y tierra si eso era necesario. Hurgaría hasta el último rincón, y si seguía viva, la encontraría, la despojaría de sus secretos y todo eso lo convertiría en un libro. Siempre fui muy fisgona en todo lo referente a la naturaleza del genio.

Era un bar en la calle Arenales. Cuando entré había varias mujeres solas sentadas en mesas cerca de la ventana. Elegí a una de puro pálpito. Elegí bien. Silvia era alta y flaca, de nariz aguileña y pelo oscuro y abundante. Estaba vestida de negro y llevaba anteojos negros. El mozo colocó dos pocillos de café que ella había pedido sin consultarme antes de mi llegada.

Me dijo:

–Era de una vanguardia intransigente. A mí no me van a agarrar, parecía decir. Estaba en contra de todo lugar común, en contra de todo lo que fuera visibilidad y era muy coherente con esa postura. –Miró por la ventana y siguió–: Me acuerdo una vez, estábamos en una fiesta, Oscar andaba con otra chica, de golpe el ambiente se empezó a agitar como una ola, «Viene la Negra, viene la Negra», decían, y ahí nomás apareció ella con su oscura belleza, avanzó al medio de la pista, caminó directo hacia Oscar, lo agarró de la mano y se lo llevó. Qué sé yo..., hay pasiones cuya elección no depende de los hombres, llegan al mundo al mismo tiempo que ellos y hay un plan superior que las dirige.

Tomé nota de la anécdota; a menudo es lo único que queda de una persona.

Siguió:

–El curso del amor entre ellos nunca fue una escalera real. Ella era brava. Un día me dijo: «Me pregunto de dónde saqué tanta maldad.» Era como si tuviera algo muy duro adentro. Como una piedra..., no sé.

–¿Le mostraba sus pinturas?

–Cuando yo la conocí hacía unos dibujos en lápiz medio surrealistas pero no los quería vender.

–¿No quería exhibirlos o no quería venderlos?

–Difícil saberlo, las motivaciones por las que uno actúa nunca son transparentes, pero a mí me mostraba poco.

–¿Y sus falsificaciones?

–Ah, eso vino después. Hacia finales de los sesenta. Apareció como una forma de sobrevivir... Gómez Cornet,

Gambartes, Spilimbergo. Ella no tenía moral en su vida salvo: levantate y agarrá lo que es tuyo. Eso sí, tenía principios como falsificadora y estaba orgullosa de ellos. Yo a veces se las llevaba a vender a la galería.

–¿Vivía de eso?

–Un poco, de tanto en tanto, no era algo sistemático, en general vivía del aire..., aunque muchas veces los que viven del aire viven de la familia. Creo que su padre era un sargento, porque ella tenía una obra social de los militares. La última vez me llamó por un asunto de los gatos, uno de los miles que tenía la había mordido, le dije que se fuera a dar la vacuna, pero ella no quería, les tenía pánico a los médicos.

–¿Cuándo fue esa última vez?

–Hará unos diez años... Se acababa de mudar a la casa que había sido de la madre cerca de Parque Chas. Me acuerdo que la primera noche me llamó. Se había encontrado a un tipo sentado en el living que le había dicho: «Usted no puede vivir acá, váyase ahora mismo a vivir bajo un puente.»

–¿Estaba loca?, ¿veía fantasmas?

–No creo que alguien esté loco por ver fantasmas. Ver cosas también puede ser una buena señal, el visionario, el profeta, el chamán y la hechicera ven cosas.

–¿Seguirá viviendo ahí?

–No..., no creo, puede estar en cualquier lado.

–¿Tendrá alguna foto?

Se encogió de hombros.

–Nada.

Me miró en silencio.

–¿Sabés? Si supiera dónde está, creo que respetaría su deseo de permanecer oculta. Ahora me voy, disculpame, tengo cosas que hacer.

Desde la mesa la miré cruzar la calle. Venía un auto y la luz estaba en verde. Ella cruzó igual, triunfal, los frenos del auto chirriaron. No era joven, pero tenía en su caminar la impunidad de los lindos.

Con sus ojos chispeantes Nicolás miraba a las chicas entrar al bar. Tenía noventa años y el poco pelo que le quedaba era del color del ala de una mosca. Estábamos en el barrio de Belgrano, no muy lejos de donde se había alzado alguna vez el Hotel Melancólico.

–Ah..., era negra sin serlo del todo, los labios seductores, las piernas espléndidas, qué cosa la memoria cómo descarta lo accesorio... Sí, era inteligente pero no tenía el tipo de inteligencia que es como una percha para colgar ideas, no, otro tipo, una inteligencia más loca y también más aguda. La primera vez que la vi estábamos en el Moderno. Ella estaba en la barra. Llevaba las manos metidas en los bolsillos del tapado y en su boca hacía subir y bajar un cigarrillo, tenía plena conciencia del impacto que causaba y también parecía un poco fastidiada con el asunto, aunque no tenía forma de esconderse porque lo único que tenía era ese cigarrillo: hubiera sido como querer ocultar un acoplado detrás de un poste de luz. Recuerdo que le pregunté qué hacía esa tarde, me dijo que iría a la Escuela de Bellas Artes..., me sorprendió porque ella rompía completamente con el canon, una escuela era algo demasiado formal para alguien así. Cuando se lo comenté me dijo: «Me enseñan cosas, eso me gusta.»

–¿Era terrible como dicen?

–No, para nada. Era terrible solo con su novio. Ella lo veía como un ser débil, se reía de su necesidad de agradar, lo despreciaba un poco por eso. Ella no necesitaba gustar, esa era su fuerza.

85

—¿Alguna vez vio sus dibujos? Sus cosas, cómo decirlo, ¿propias?

—Pocas. En su casa de la calle Viamonte había dibujado sobre la pared un rostro de una dulzura maravillosa, pero cuando te acercabas notabas que el ojo sangraba y que la sangre se derramaba por el piso como un río que cruzaba toda la habitación... Hace años que no pensaba en eso.

—¿Vio algo más en esa casa?

—Ya no me acuerdo, ¡pero qué cosa cómo se va todo!... Espere, lo que sí recuerdo es que siempre andaba leyendo ese libro, *La nube del no saber*. ¿Lo leyó? Es una de las grandes flores de la literatura mística.

—No sé de qué me habla.

—*La nube* no es un libro para novatos pero la Negra era una iniciada.

—¿En qué sentido?

—Cuando yo la conocí hacía ejercicios rigurosos para evitar las «distracciones», lo que los contemplativos describen como nubes de moscas o espuma flotante; en una palabra, estupideces, cosas sin sentido de las que nuestra mente es esclava.

—¿Llevaba estas ideas místicas a sus dibujos?

—No lo sé realmente. No solía mostrarme sus pinturas. Era muy pudorosa.

—¿Por qué no las mostraba?

—Nunca le pregunté por qué no los mostrás. Era clarísimo que era más artista que ambiciosa. Decía que el orgullo enceguecía a los artistas. Y que el mejor lugar para ganarle al orgullo era en la obra de arte. Y además, entre nosotros, yo creo que era demasiado oscura para consumo masivo.

Un librero de la avenida Corrientes me dijo que tenía una tía que había ido a la Escuela Pueyrredón a comienzos de los sesenta. Estaba muy viejita pero aún lúcida. El departamento de la tía Margarita quedaba cerca de Parque Centenario. Los domingos de lluvia esa zona tiene la grisácea monotonía de un pueblo centroeuropeo. En el camino pasé frente al Hospital Naval creado por Clorindo Testa. Siempre me llamaron la atención esas ventanitas de ojo de buey que perforan la fachada y simulan un barco. ¿Quién querría estar enfermo en medio del mar? A veces el exceso de esteticismo desemboca en un amor enajenado por las formas.

El cielo estaba muy alto, había sombras húmedas por la calle. Una mujer avanzó a través del vidrio esmerilado. Cuando abrió la puerta vi a una viejita menuda de ojos verdes, una multitud de arrugas surcaban su rostro en todas las direcciones y una trenza anaranjada le caía por el hombro izquierdo y sobre el vestido azul y la hacía parecer la esposa de un granjero. Me invitó a subir.

En el lúgubre palier de la casa había una pintura sobre un caballete. Adentro todo estaba un poco polvoriento. Había dos sillones con apoyabrazos protegidos por fundas gastadas de crochet y sobre las paredes, platos ornamentales con refranes populares pintados a mano: «No hay rosa sin espinas», «Muerto el perro se acabó la rabia», «Dios aprieta pero no ahoga».

Nos sentamos alrededor de una mesa y sentí como si los hilos de una tela de araña colgaran sobre mi cabeza. La tía apoyó frente a mí una bandeja de mimbre en la que había traído tazas, saquitos de té y tostadas en una canasta. Pero no había manteca ni mermelada ni nada untuoso con que untar el pan y para el agua caliente había que esperar a que llegara una tal Mónica, ella traería el termo porque el edificio estaba sin gas hace semanas. En una esquina, sobre otro caballete, otra pintura, una imagen abstracta pintada por la misma mano que había pintado el cuadro de la entrada.

—¿La Negra?, ¿la recuerda?

—Claro, era mayor que yo.

—Ah, pensé que serían de la misma edad.

—No, no, yo era más joven.

—¿Pero eran amigas de la Escuela?

—No recuerdo que fuera a la Escuela. A ella la veía por la avenida Corrientes, yiraba por ahí.

—¿Yiraba?

—Vos sabés..., daba vueltas, era una buscona.

Agregó una modesta sonrisa destinada a amortiguar sus palabras.

—Ah.

—¿Por qué te interesa esa mujer?

Le vuelvo a explicar, hasta donde estoy dispuesta. Ella asimila impasible mis palabras y después dice:

—Ese novio que tenía, Oscar, salía con muchas chicas..., de hecho yo también fui su novia.

—Ah.

Mi sorpresa era genuina.

—Para él yo era una burguesa porque no quería acostarme sin estar casada: «Casémonos entonces», me decía. Qué lástima pensar que perdí todas las cartas que me escribió.

—Dicen que la Negra era una pintora virtuosa.

—¿Dicen?, ¿quiénes dicen? En esa época había muchos pintores virtuosos.

La tía Margarita ahora tiene un gesto contraído en la cara como si estuviera oliendo una cebolla invisible.

—Pero mujeres no tantas..., no que trascendieran al menos.

–¡Trascender! ¡Pero qué exageración! Mirá, tenía facciones provincianas, los pómulos muy marcados. Una vez salió un semblante de ella en una revista donde el periodista describía su nariz como la de un pumita. Guardé durante un tiempo ese recorte pero después me casé con otro hombre y tiré todo.

–Nariz de pumita, suena lindo.

–¿Te parece?

La tía Margarita ya no es la dulce viejecita de hace un rato. Su voz se ha vuelto dura.

–Sabés que ella le hacía los cuadros a Berni, ¿no? ¿Y que después él los firmaba y los vendía como suyos?

Le sostengo la mirada. Ella sigue.

–Mirá, yo creo que si uno pinta más copias que cuadros propios, llega un momento en que se convierte en una persona hueca.

–Quizás, pero no necesariamente.

–¿Querés saber lo que se decía entonces? Que ella solo podía falsificar porque cuando pintaba sus propios cuadros de sus dedos nacían cosas muertas. Y decime, ¿averiguaste si está viva?

–Vivita y coleando –le miento.

–¿Con Alzheimer?

–Para nada.

–Y si está viva, ¿para qué me necesitás?

–Para completar ciertas zonas del cuadro, usted sabe.

En ese momento sonó el timbre. Mónica resultó ser una alumna incondicional del taller. Traía un termo con agua caliente y un budín de amapolas. Pero mi estómago ya estaba cerrado. Ellas se pusieron a hablar de la invasión de supermercados chinos. Yo ponía caras pero miraba las pinturas sobre la pared, que eran atroces. No lo dije antes pero lo digo ahora. Al rato anuncié que me iba.

Como no había portero los domingos, la tía Margarita tuvo que acompañarme a la puerta de calle. La tía de carne y hueso y la reflejada en el espejo de manchas negras del ascensor, ambas con sus vestidos azules, me miraban como dos rígidas hermanas vestales, ajenas a las caricias, insensibles a la ternura. El ascensor rebotó y después se detuvo en seco como el granizo.

–Buscate otro tema –me susurraron la real y su doble–. Esa mujer no es un personaje para un libro.

¡Ah! Nada como que te digan esa puerta no la abras para que uno quiera abrirla más que nunca. Es la ley acá y en el último caserío samoyedo. Para entonces ya tenía la sensación de que la imagen que había quedado de ella no era falaz. La Negra debía ser una mujer o mucho mejor o mucho peor.

Luisa había sido su compañera de baile. Ella y la Negra tomaban clases de danzas modernas en un sucucho infecto debajo de un cineclub de Lavalle. Alguna vez ella había tenido su gracia, me mostró una foto para comprobarlo. De ser verdad que la persona retratada era la misma que yo tenía enfrente, la transformación era asombrosa: la sílfide dúctil era ahora un general bien comido que daba órdenes incluso para decirte cómo debías preguntar (se parecía un poco a Maria de Medici en el retrato que le hizo Rubens cuando ella enviudó).

Me dijo:

–No, no, no, no. No entendés. Ella era buena pero a veces le pintaba la maldad. Cuando se peleó con Oscar se fue con un italiano que se llamaba Livio. El asunto es que a Livio no le gustaban las mujeres pero hizo una excepción con ella. La llevó a su casa en Montes de Oca, que era la casa de su padre adoptivo, Wilcock, el escritor que estaba en Italia. Yo fui a Montes de Oca un par de veces. Una viejita francesa de cofia de lino blanca los cuidaba. Se llamaba Jeanette y se la pasaba alimentando el fuego; echaba un leño a la chimenea, el fuego humeaba, ella se ahumaba. En el palier había un platito de porcelana donde Jeanette le dejaba una moneda de diez centavos al farmacéutico que iba a aplicarle una inyección de insulina todos los días. Una noche, Livio fue a comer a casa de Bioy Casares. Borges, como siempre, comía ahí. Después del postre, Livio leyó un poema de Wilcock, un poema en italiano que se llamaba «Al fuoco». Yo estaba de visita en Monte de Oca cuando Livio volvió y contó todo: «Borges *ha detto:* Qué raro que cuando una poesía nos gusta mucho se nos ocurre hacer otra exactamente igual.» «¡Ah, cómo entiendo esa sensación!», dijo la Negra. Esto así, tal cual te lo cuento, yo lo viví y además aparece en el diario de Bioy.

–¿Le habló alguna vez sobre *La nube del no saber?*

–No sé de qué me hablás.

–¿Nunca le insinuó sobre su interés en el misticismo?

–Jamás, pero viste cómo es la gente, un conglomerado de cosas. Nosotras íbamos en bicicleta a El Ancla, una playa de Vicente López, y mientras tomábamos sol, ella y Livio competían por quién era el más lindo. Había entre ellos un tipo de amor hedonista que no era pasión sino algo más sereno. Sus amores oficiales eran otra cosa. «El progreso en el amor consiste en encontrar sucesivamente personas como disparos, como cañonazos, como cartuchos de nitroglicerina, como torpedos, como bombas atómicas y, por fin, como bombas de hidrógeno», decía Wilcock. Un día cayó

Oscar en la casa Montes de Oca y explotó todo. El platito de porcelana de Jeanette se estrelló contra la pared. De la vergüenza la Negra desapareció.

»¿Que dónde aprendió a falsificar? Una escuela de arte es una escuela de falsificadores en potencia. Todas las escuelas fomentan la copia porque no hay otra forma de enseñar arte que no sea imitando al pasado. Ella era de la camada de Polesello, fue compañera de él, pero no era como él. Él terminaba un cuadro y le ponía precio. Ella no. Yo creo que no podía desprenderse de lo que hacía. Además de pintar intentaba hacer otras cosas. Estaba por ejemplo la galería Vignes, que era un rebusque en la calle Corrientes y Maipú. Su dueño era un tal Llinás. En esa época había un proyecto que se llamaba "Los plásticos con la plástica". ¿Te acordás de esos llaveros de acrílico que tenían mariposas adentro? Bueno, a la Negra se le ocurrió meter adentro de un cubo de plástico a un hombre. Hizo las averiguaciones pertinentes. Parece que había que poner una bomba extractora para ir drenando los jugos que el cuerpo larga a medida que se descompone. Pero lo más difícil era conseguir el cuerpo: tenía que ser un hombre de treinta años, alto, lindo, que no hubiera muerto de muerte violenta. Llinás dijo que ya se había hecho en París y se canceló.

»Después, en otra época, hacía unos cuadros inmensos pero no los exhibía. Con lo que sí ganaba era con las falsificaciones. Las vendía con los papeles que le hacía el crítico García Martínez. Ay, ese hombre divino que murió en La Paz.

—¿En Bolivia?

—No, no, no. En el bar La Paz. En el baño del bar.

La vida de esta gente había sido un asunto de bares. Ahí adentro hablaban, chupaban, fumaban, tanto que parecían vivir dentro de una nube, como dioses griegos elucubrando el destino de los mortales en un cielo de Tiépolo. El humo también los protegía, como una cortina, del mundo. Eran bares abarrotados de gente, de chicos y chicas entre veinte y treinta años que se creían brillantes pero no todos lo eran. La mayoría vivía alrededor de la literatura pero ganaba su plata con rebusques de la publicidad. Se podría hacer una guía fantasma de los bares que han desaparecido. Ninguno de esos lugares es hoy lo que era antes, la mayoría han sido modernizados al punto de la despersonalización, todos tienen la misma luz blanca de quirófano y los mismos helechos artificiales. Pero hubo un tiempo en que el bar era el segundo, si no el primer hogar; el hogar que uno elegía. Los habitués del Instituto Di Tella paraban en el Moderno de Maipú al 900, casi Paraguay; los poetas rebeldes en La Paz de Corrientes y Montevideo; los estudiantes de Filosofía y Letras iban al Coto Grande de Paraguay al 500; los músicos paraban en La Perla del Once, llegaban a las cuatro de la mañana cuando cerraba la Cueva. No era todo tan tajante, por supuesto que había cruces de vereda, cambios de bando, polinizaciones. La vida bohemia era agitada, violenta, llena de extremos. Todo sobre ella era a gran escala: las peleas acaloradas, los triunfos brutales, las traiciones espantosas. Pero no puedo ser rigurosa con estas cosas, no voy a fingir. Yo no estuve ahí, solo hago una puesta en escena, un manotazo de ahogada para dar clima de época.

Edgardo estaba en la Biela, lo reconocí por los pantalones blancos que solía llevar en las inauguraciones. Un

93

momento tenía la mirada tranquila, un segundo después, algo se enturbió, como si la Negra funcionara como una pastilla de Redoxón tirada en un vaso de agua en reposo. Cosas largamente sedimentadas volvían a flotar a su alrededor.

–Me acuerdo, me acuerdo perfecto. Tenía una densidad especial –dijo–. Vivía en un departamento en la calle Viamonte. Había que descender unos escalones para entrar ahí. Adentro reinaban las penumbras..., pero no era una oscuridad negativa sino todo lo contrario. Acá tenés, te traje el afiche de su primera muestra, lo diseñé yo.

Desplegó el rollo de papel. El afiche estaba intacto. Encerrado en un óvalo había un pájaro con saco y corbata. Alrededor se leía: «Dibujos. Galería Lirolay, Buenos Aires. Del 26 de mayo al 8 de junio de 1965».

–Ah, entonces alguna vez mostró sus pinturas.

–Claro, ¿qué te pensaste? Todos queríamos mostrar. Esta fue una muestra individual. Probablemente su primera, no sé si la última.

–¿Y qué tipo de obra mostró ahí?

–Eran unos dibujos de hombres-pájaro. Tenían picos como de cuervos o de halcones, no sé mucho de aves.

–¿Te acordás si vendió algo en esa muestra?

–No tengo ni idea. Nadie llevaba registro de eso, no era algo que importara realmente.

–¿Recordás haber visto otros dibujos?

–Sí, ella solía mostrarme sus cosas pero yo nunca las llegaba a ver bien porque, como te dije, la casa siempre estaba a oscuras... Uno veía todo pero a medias.

–¿Dirías que tenía talento?

–Tenía un talento que no tenía que ver con el presente.

–¿La volviste a ver?

–Nevermore.

94

«Soy una cámara», podría decir Roberto de sí mismo; en cambio, me dijo por teléfono:

–Ella estuvo en el cruce de muchos momentos históricos. Me acuerdo una vez que estábamos cenando en un boliche de la avenida Corrientes y la Negra entró, se sentó frente a Oscar y empezó a tirarle el humo en la cara. De repente, Oscar se levantó, empujó la mesa e hizo volar los platos por el aire: «Un Greco, un Greco», gritaban todos.

–Una performance...

–Era una época muy performática. Se me vienen flashes de ella. Ahora la puedo ver a la salida del Teatro Colón con un puñado de jovencitas que revolotean a su alrededor. Un hada oscura con su séquito de ninfas..., me ve y me saluda con la mano y yo tengo la sensación de estar adentro de una escena de una película de Dario Argento. Era posesa esa mujer.

–¿Posesa?

–Sí, un poco bruja...

–¿Sabés si sigue viva?

–Ni idea. Siempre huyó del mundo con mucha decisión. Ah...

–¿Sí?

–También me acuerdo que hacía unos collares de cuentas de colores preciosos, pero no sé si eso suma algo a tu retrato.

Tuve la sensación de que sabía más pero que no me lo iba a decir.

Había un juego en mi adolescencia que se jugaba en los bares. Se estiraba una servilleta de papel sobre la boca de un vaso de vidrio, se la sujetaba con una gomita para

95

que quedara tirante y se colocaba una moneda de diez centavos en el centro. En sucesivos intentos los jugadores debían quemar el papel con la brasa de un cigarrillo, haciendo pequeños agujeros en la servilleta, rodeando la moneda pero, y ahí radicaba el suspenso casi erótico del juego, evitando que esta cayera. Si el agujero se abría demasiado y la moneda caía al fondo, el participante perdía. Buscar a la Negra me recordaba a este juego, cada dato conseguido, cada anécdota o fragmento de información recopilada, creaba el efecto de un agujero en la servilleta, algo que me acercaba a ella, peligrosamente. Y yo quería acercarme y a la vez no.

«¿Dónde estás?», preguntaba al aire. «¿Dónde te metiste?» La gente crea lazos, nadie puede vivir completamente aislado. Pero la Negra parecía la excepción. Ella solo tenía amistades ocasionales que despachaba rápido. Hay gente así, gente que va por la vida sola. «Ser social es saber perdonar», dice el poema «The Star-Splitter» de Robert Frost. ¿No confiaba en nadie? ¿La gente se hartaba de ella? ¿Ella se cansaba de la gente? La Negra construía distancias tan sólidas que después eran imposibles de acortar. Pero incluso esa gente algún rastro deja.

Había hecho una lista de entrevistados e iba tachando. La lista se acortaba velozmente. Como en mi impunidad de novata no grababa mis charlas y mis apuntes eran casi ilegibles, las voces se me mezclaban en la cabeza y ya no distinguía quién me había dicho qué. Mi investigación se estaba convirtiendo en la caja negra de un avión: un aparato que registraba todo tipo de conversaciones pero del que rara vez salía algo útil.

–Lamento no poder ayudarla. Hace unos años alguien me habló de ella y ahora no recuerdo quién. Imagino que en caso de que viva debe ser una mujer muy mayor. No sé si está en un loquero, en un asilo o bajo tierra.

–En un geriátrico. Casi seguro.

–Es escorpiana, uno de los seres más seductores de la tierra pero también uno de los más venenosos.

–¿Te fijaste en el libro de Tanguito? Es un buen libro el de Pintos, una biografía coral que recrea esos años de amor y paz y reviente. Mirá acá dice, por ejemplo, Jorgito el Lindo: «Íbamos a picarnos a lo de un enfermero que era ciego y pianista. La primera vez salí a la calle y lo vi a Jimi Hendrix en la esquina enchufado a un árbol. Cuando empezó el pico, los grupos empezaron a ser más chicos. Era de juntarnos en casas. Al principio fuimos unos diez los que nos inyectamos. No más. Creo que los primeros fuimos Tango, Silvia Washington, la Negra y yo.»

–Su malditismo la precedía. Había un tipo que moría por estar con ella y cuando una noche finalmente logró llevársela a su departamento, como preámbulo amoroso, ella le tajeó la espalda... Como decía Gombrowicz: ¿sueño o realidad? Vaya uno a saber. Probables leyendas urbanas..., el ejército guarda el cuerpo congelado de un extraterrestre en alguna parte de la Patagonia. Ese tipo.

–Una vez nos fuimos en grupo a Lobos porque queríamos armar una comunidad hippie. Había unas dos mil personas alrededor de la laguna. Se veían los faroles dentro de las carpas y había helicópteros dando vueltas en medio de la noche. Toda la movida la encabezaba la Negra, y mientras estábamos alrededor del fogón, se corría el rumor: «La Negra está en esa carpa; no, está en tal otra; no, en tal otra.» Nunca nadie pudo verla.

Continuaba sin deseo ni confianza y a eso lo llamaba disciplina. Iba acumulando imágenes inconexas a las que les imponía una coherencia que solo yo podía entender. Es así como empecé a sentirlo, vagamente. Hay quienes creen que la memoria es un telescopio que puede capturar el pasado con tanta precisión como el Hubble capturaba los Pilares de la Creación, tan solo requiere un esfuerzo sostenido de concentración y voluntad. Debe tener un buen agente de prensa la memoria porque en realidad, como instrumento de precisión óptica, no me parece mucho más que un caleidoscopio de feria. Reconstruir una experiencia a través de imágenes almacenadas en nuestro cerebro es un acto que a veces linda con la alucinación, no recuperamos el pasado, lo recreamos, lo volvemos dramaturgia. La memoria edita, colorea, emperifolla, mezcla cemento con arcoíris, hace lo que sea necesario para que la historia funcione, a veces creo que ella es como una de esas escritoras que escriben biografías en las sombras y que en la jerga editorial llaman «negras», una astuta negra literaria eso es la memoria: ¡otra Negra!

La paranoia se agudiza, eso pasa seguido cuando uno está al acecho; al cabo de un tiempo se aprende a convivir con ella y hasta se le toma cariño («La paranoia es la musa de la inspiración», decía Tanguito). El paranoico cree intuir un sentido latente, para él el mundo tiene una forma, un patrón, una lógica implacable, y las escenas, las personas, las acciones que lo rodean se engarzan para construir una imagen final, un sol del que todos los rayos parten y al que todos vuelven. Cuando en realidad ahí afuera no hay nada de eso: la vida es la antiforma, un estúpido suceso tras otro y casi ninguna relación entre sus partes. El paranoico es el último romántico.

Leía mucho en esos días, rara vez terminaba un libro. Por lo general abría uno al azar, me compenetraba durante horas, pero al día siguiente lo dejaba de lado por otro. Pronto caí en la cuenta de que cuando estaba leyendo mi cerebro seguía buscando. Leí en un viejo libro sobre halcones: «Observa que cuando una especie está en extinción no solo sufre una declinación numérica sino también semántica. Cuanto más raro se vuelve, menos significados tiene ese animal. Finalmente, la rareza es de lo único que está hecho.» Leí un poema de Cherubina de Gabriak: «Ondea en el cielo una capa –el rostro– no lo vi.» Leí en *El libro de Merlín* de T. H. White: «Dejar de creer en el pecado original no equivale a creer en la virtud original. Lo único que eso significa es que debes dejar de pensar que toda la gente es absolutamente malvada. La gente es malvada, pero no absolutamente.» Leí en *Menos que uno*, de Joseph Brodsky: «No hay vida destinada a ser preservada y, a menos que uno sea un faraón, no tiene por qué aspirar a convertirse en momia.» Leí en el *Glosario de términos náuticos de la Prefectura naval argentina*: «*Obra viva* se llama en navegación a la sección del casco de un barco que queda por debajo de la línea de flotación, la parte escondida que es fundamental para la estabilidad de la nave.» ¿No me insinuaban todos algo lateral, oblicuo o directamente abierto sobre mi búsqueda?

En eso estaba cuando llegué a una biografía de William Blake. La historia de este libro se relaciona apenas con mi tema principal pero es tan instructiva que no me disculpo por resumirla brevemente acá.

Una mañana despejada de 1860 Dante Gabriel Rossetti recibió una carta de un tal Alexander Gilchrist, un joven crítico de arte que había adquirido notoriedad unos años atrás por su estudio sobre William Etty, un pintor de

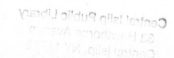

inmensas telas con desnudos explícitos que escandalizaban a la Academia. Gilchrist tenía ahora una nueva obsesión. Quería escribir la biografía de William Blake, el artista inglés también conocido como Mad Blake, una suerte de guía espiritual para los prerrafaelitas. Se había topado con el *Libro de Job* en una librería de Londres y las imágenes de aquella «crónica de una iluminación» se le habían grabado a fuego. Para entrar en la mente del artista, Gilchrist necesitaba estudiar el cuaderno de apuntes que había pertenecido al pintor, el cuaderno que Rosetti tenía en su poder y guardaba con recelo.

Ni bien lo vio entrar, Rosetti supo que estaba frente a un espíritu afín. Su cuello largo con nuez de Adán, sus ojos tristes, lo tranquilizaron y una semana después le había dado carta blanca para revisar todo el manuscrito. Gilchrist se lo tragó o el manuscrito se lo tragó a él. Cuando logró salir a la superficie, ya estaba completamente obsesionado con William Blake. Poco tiempo después, Gilchrist se casó con Anne Burrows y su idea de una luna de miel fue quedarse en Londres para mirar grabados y entrevistar gente. Cuando dio por terminada su investigación, Gilchrist tenía un contrato con la editorial Macmillan.

Dos años después el crítico recién iba por la mitad de su libro y estaba exhausto. No tenía un centavo, tenía cuatro hijos. A veces colapsaba por días sitiado por la fiebre. Entonces su esposa tomaba las riendas. Copiaba manuscritos, buscaba fechas, preparaba el índice. Alarmada por las fluctuaciones del trabajo, la editorial lo presionó y Gilchrist prometió terminar el libro en el plazo de un año. Debió saber que no hay peor plan que tener un plan; al poco tiempo su hija mayor enfermó de escarlatina y Gilchrist volvió a caer. Diez días más tarde entró en coma. Anne escribió: «Su mente estaba agotada por el estrés del trabajo, la fiebre

100

lo quemaba como una llama, cuatro días de delirio, y luego el estupor y el fin: sin una palabra pero con una mirada de amoroso reconocimiento, se fue. Era una noche salvaje y tormentosa, el 30 de noviembre de 1861, en la que su espíritu se elevó.»

Gilchrist murió a los treinta y tres años. El gran biógrafo de Blake dejó su libro sin terminar pero su esposa decidió continuarlo, conocía bien el método de trabajo de su marido. Ahora había que ver si podía imitar su voz. Un año después tenía listo el segundo tomo. La vida de William Blake fue publicada en 1863. El libro fue el primer intento por trazar la trayectoria del gran William Blake, aquella «bala de cañón al rojo vivo» según Chesterton, que se manifestaba en imágenes apocalípticas, creía que la muerte no era más que el pasar de una habitación a otra y que para escribir sus poemas decía tomar el dictado de su hermano muerto. A diferencia de muchas de las biografías victorianas de la época, tiene una prosa vívida y muestra que en Blake no había nada amorfo o inconexo, es más, el tipo tenía un esquema que explicaba el universo en su conjunto, solo que nadie podía entenderlo.

La vida de William Blake (pictor ignotus), uno de los casos más extremos de rescate del olvido en la historia del arte, fue escrita en condiciones misteriosas. «Nadie hubiera podido hacerlo sino yo», le dijo Anne a su editor al entregar el manuscrito. «Mientras escribía, el espíritu de Gilchrist estaba siempre conmigo. Cuando yo paraba, lo sentía alejarse.» Fue una colaboración entre un marido difunto y una esposa viva. Aún se creía en esas cosas. Después, «los cielos se elevaron», dijo Hazlitt, y ya nadie creyó en lo sobrenatural.

UN TAL SEÑOR RAMOS

Había algo patético en mi búsqueda, ahora me doy cuenta. Quizás fuera el *Sehnsucht* lo que me empujaba, esa palabra alemana que significa anhelo por alguna cosa intangible. C. S. Lewis la describió como la búsqueda inconsolable de algo que no sabemos qué es. En el fondo, para mí, la Negra era un estado mental, una nube en el horizonte.

Por supuesto, no me engañaba, y aunque empezaba a sospechar que mi intento de biografía se me estaba deshaciendo entre los dedos, aún no estaba dispuesta a soltar. La búsqueda me daba la tanza para hilvanar mis días, me servía como propósito, como razón de ser, todo lo que había ido perdiendo en el último tiempo. Mientras buscara tendría un Norte y siempre algo aparecería, por más nimio, porque tal era la reputación de la Negra que la gente relacionaba su nombre con cualquier anécdota extraña de la época. Con solo un par de ellas podía resumirse la vida de esta mujer. Pero ¿quién era en realidad la Negra?, nadie parecía saberlo.

1. Era solitaria pero nunca andaba sola.
2. Tenía un costado destructivo como la gran mayoría de las personas con talento.

3. En la biblioteca de un amigo robó *La mente humana* del Dr. Karl Menninger, una descripción de los comportamientos desviados. El prólogo dice: «La idea de lo normal me repele. Cualquiera que en esta vida logra algo es, a priori, anormal.»

4. En los setenta entregaba gente a cambio de droga. Eso se dijo de muchos. Son acusaciones, no hay pruebas.

5. Dormía de día porque, como dice Wilcock: «Nadie habrá visto jamás flores negras, a la luz del día por lo menos.»

6. Una vuelta, el dentista no llegó a tiempo a hacerle una emplomadura. La Negra se talló un diente de cera para tapar el agujero. Esa noche el termómetro marcaba seis grados centígrados, pero en el bar ella pidió whisky con hielo: el calor del café podía derretirle el diente.

7. Los significados se desplazan cuando se habla de la Negra: malo puede ser bueno, bueno puede ser malo. Lo mismo ocurre en la jerga de la cárcel.

8. A veces mencionaba a su padre, que había sido marino, y a su madre, que había sido buenísima, pero todo quedaba en el aire.

9. Vivió en el Hotel Melancólico a comienzos de los sesenta. El cuadro de Mariette Lydis que presidía el comedor fue su primera falsificación.

La noche manipula de manera extraña nuestra mente. Un par de meses después de empezar la búsqueda tuve un sueño. Sobre un frágil puente de madera dos mujeres charlaban de pie apoyadas en la baranda enclenque. Frente a ellas se abría un lago. Una era mayor que la otra, bastante mayor, se notaba por el pelo blanco y la falta de cintura que le confería a su silueta el aspecto de una torre de ajedrez. De lejos, por la inmovilidad de sus cuerpos, se podía pensar que eran amantes. Yo no las veía pero sabía quiénes eran. Entonces empezaba a soplar un viento arrachado, los árboles protestaban agitando sus ramas, la temperatura descendía y Mariette Lydis se sacaba su viejo tapado de inmigrante y se lo pasaba a la Negra: le enseñaba la técnica europea de ponerse un abrigo sujetándose los puños de la camisa con las puntas de los dedos. Esas cosas de los sueños, de golpe éramos Enriqueta y yo las que estábamos ahí sobre el puente forcejeando con el tapado y las nubes avanzaban cambiando rápidamente de forma. Toda una pantomima de forcejeos bastante estúpida se desataba entre nosotras y finalmente caíamos al lago y yo me despertaba.

Me levanté con el espíritu inquieto. También al faraón de Egipto lo agitaban sus sueños, pero él tenía a José siempre dispuesto a interpretarlos, y yo ni siquiera contaba con un psicoanalista que me los rechazara por «demasiado directos». Me contenté con mi lectura. Dicen que los detectives investigan aun en medio de los sueños, siguen las pistas aprovechando material inconsciente que de día no aflora.

No podían ser más distintas esas dos mujeres. Mariette Lydis y la Negra. Tenían una diferencia de más de treinta años; una era europea, la otra sudamericana; una era una rubia gélida, la otra una morocha torrencial; una era la eterna niña soñadora, la otra la *femme fatale* realista. Y aun así la estructura de sus mentes era curiosamente similar.

Como cuando Andréi Bely y Aleksandr Blok quisieron sellar su amistad e intercambiaron sus camisas, el canje de ropa era la versión del cambio de piel. Algo las unía íntimamente. La Negra no estaba falsificando a una extraña cuando falsificaba a Lydis. Barajé algunas ideas recordando uno de los primeros principios de Marco Aurelio: simplicidad. ¿Dónde podrían haberse conocido? ¿En una inauguración en el Instituto Di Tella? Ambas mujeres pululaban por ese ambiente a comienzos de los sesenta pero pertenecían a tribus distintas, una se codeaba con la *intelligentsia* chic, la otra, con la bohemia más lumpen, la idea no me convencía. ¿En el taller de Lydis? Eso sonaba más tentador, ¿habría sido la Negra su modelo?, ¿su alumna?, ¿su amante?, ¿habría sido Lydis la cabeza de la Banda de Falsificadores Melancólicos como había sugerido Enriqueta en algún momento de su relato? Qué extraño cómo uno se olvida de que sabe cosas o cómo una se apropia de cosas que ha leído olvidándose por completo de dónde las tomó. O bien, una tercera opción, ¿podrían haberse conocido en la quinta del coleccionista?, ¿no pasaban por ahí todos los pintores de la época? Quizás el dueño de casa, él mismo involucrado un tiempo después en un legendario juicio por pinturas falsificadas, las había presentado imaginando que aquella unión le sería provechosa a futuro. No tenía pruebas, pero dice Galasso que lo que la mente ve cuando hace una conexión lo ve para siempre.

Fue siguiendo esta última intuición que llegué a la Cámara en lo Criminal de la Nación. Fui a buscar el expediente, quería ver si encontraba algún indicio de la conexión entre el coleccionista y las dos mujeres. «Muchas relaciones impensadas salieron a la luz cuando esa piedra se levantó», me había dicho Enriqueta.

Así, di con seis cuerpos, unas mil fojas amarillentas que al más leve roce se resquebrajan como cáscaras de cebolla. Lo que leerán, si tienen la paciencia necesaria, es una selección de citas, un resumen de la argumentación esencial del juicio a Federico Manuel Vogelius por el asunto de los Figaris falsos. No es la historia completa, ¿qué historia lo es?

Juzgado Nacional de Primera Instancia en lo Criminal
de Instrucción
Querellante: Damián Bendahan
Acusado: Federico Manuel Vogelius
Hecho: Estafa
Fecha: 23 de diciembre de 1966
Instrumento del delito: Venta de cuadros falsos
Juez: Héctor Dionisio Rojas Pellerano

Declaración testimonial de Damián Bendahan. C.I.

1.262.134. En la ciudad de Buenos Aires, Capital Federal
de la Nación Argentina, el día 23 de diciembre de 1966,
siendo las 11 horas, compareció ante la Instrucción una
persona que, previo juramento de decir verdad en cuanto
supiere y le fuere preguntado, dijo llamarse Damián Bendahan, ser de nacionalidad argentina, de 52 años de edad,
estado civil casado, profesión ingeniero civil. Declaró que
durante muchos años fue socio en varias sociedades del señor Federico Manuel Vogelius. Que a raíz de ese trato
tuvo conocimiento de que el señor Vogelius era coleccio-

nista de cuadros de diferentes autores, en especial de Pedro Figari. Que en 1960 comenzó a adquirir del señor Vogelius diversas pinturas llegando a la cantidad de once Figaris. Dada la amistad que los unía nunca le pidió recibos por ellos. Tiempo después, necesitado de dinero, Bendahan le pidió al señor Fidel Rodríguez, antiguo empleado de Vogelius, que llevara a pignorar los cuadros al Banco Municipal. Días más tarde, el Banco le comunicó que ahí se encontraban empeñados otros, iguales, que habían sido llevados cierto tiempo atrás por el señor Vogelius. Todos los cuadros que Bendahan llevó al Banco resultaron falsos. Que es cuanto tiene que decir.

Declaración del cabo Mancini. 26 de diciembre de 1966. Dijo llamarse Alfredo Pedro Mancini, nacionalidad argentino, 37 años de edad, estado civil casado, profesión cabo. Declaró que se constituyó en la finca de la calle Cerrito 1330. En dicho lugar, sin dar a conocer su condición de policía, fue atendido por una persona de sexo femenino quien le indicó que el señor Vogelius había salido esa madrugada para Punta del Este, Uruguay.

Presente. 27 de diciembre de 1966. La Instrucción hace constar que se hace presente espontáneamente el que refiere ser Federico Manuel Vogelius. Se lo mantiene preventivamente demorado y a disposición del magistrado. Siendo las 19.30 horas, la Instrucción hace comparecer a su demorado.

Declaración testimonial de Federico Manuel Vogelius. Argentino, casado, de 48 años, agrimensor y contador público, quien respecto a los hechos que se investigan y a los fines de aclarar su participación, indica lo siguiente: haber sido dueño de una fábrica de laminados plásticos, propietario de una cerealera, de varias madereras, de una empresa de verduras deshidratadas y de una fábrica de confección de muñecas. Que en 1946, se instala en sociedad con el ingeniero Bendahan explotando el comercio de laminación de aluminio bajo el nombre de «Alsico». Que desde el año 1953 se dedicó a coleccionar primeras ediciones de libros y cuadros, habiéndose entusiasmado principalmente con el pintor Pedro Figari.

Pericia
El secretario Dr. Marcelo Terán se constituyó en el Banco Municipal acompañado de los peritos designados a examinar los cuadros del señor Bendahan, luego de lo cual se produjo un intercambio de opiniones que se registró taquigráficamente.

Payró: Encuentro que los cuadros son muy malos.

Stein: Esto es una cosa compleja que requiere tiempo. Debo consultar mi bibliografía, habría que tener el instrumental apropiado.

Stein: Yo no comprendo muy bien cuál es el interés del juzgado.

Payró: El asunto es determinar si son originales o no.

Stein: Creo que puede presentarse el caso de que entre las once obras se encuentre una que sea a la vez auténtica y muy mala.

Feinsilber: Al juzgado no le interesa si el cuadro es bueno o es malo.

Stein: ¿Qué pasaría si el cuadro está parcialmente hecho y parcialmente no?

Dr. Terán: No se preocupe, las conclusiones desde el punto de vista jurídico las tomamos nosotros.

Stein: No le interesa para nada la calidad del cuadro, qué misterio.

Los peritos dictaminan: «Estas pinturas son burdas imitaciones de obras del maestro. Ejecutadas en parte imitando fragmentos de sus cuadros auténticos, desprovistas de elegancia en el dibujo, inarmónicas en cuanto al colorido, tímidas en cuanto a la ejecución y torpes en los empastes.»

Declaración de Vogelius, se amplía. Que entre las fuentes de adquisición de cuadros solía visitar el local de la calle Suipacha el señor Ramos, uruguayo, de unos 35 años, morocho, 1,65 cm de estatura, bigotes, cabello lacio negro, cara de «provinciano». Vogelius dice haberle comprado al tal señor Ramos cigarrillos y whisky importado y, en distintas oportunidades, pinturas de Figari. Un día, a mediados de 1956, el señor Ramos le planteó un negocio, le ofreció unos 20 Figaris por un total de 120.000 pesos. En razón de que el deponente no podía afrontarlo solo, le propuso el negocio a Bendahan. Se repartieron los cuadros, unos once a Bendahan, no más de siete a Vogelius. A principios de 1962 apareció un lote de Figari en el mercado entre los cuales se encontraban varios cuadros iguales a los que le habían adquirido a Ramos. Al cotejarlos, Vogelius determinó que los que tenía en su poder eran copias. Se lo comunicó a Bendahan, que le preguntó si seguía en contacto con Ramos. Vogelius le dijo que sí. Quedaron en encontrarse los tres en las oficinas de la calle Maipú. En ese encuentro, le exigieron a Ramos la devolución del dinero, a lo que Ramos accedió, consiguiendo el dinero en su casi totalidad. Luego de ello, Vogelius destruyó sus copias y le sugirió a Bendahan que hiciera lo mismo. Vogelius le pidió que guardara el secreto ya que podría perjudicar su reputación como coleccionista.

Declaración de Bendahan. Que respecto al tal señor Ramos que menciona Vogelius no sabe quién es ni nunca lo vio. Y que resulta pueril pensar que una persona de la idoneidad del señor Vogelius en materia pictórica pueda adquirir cuadros a un desconocido que vende cigarrillos y whisky de contrabando.

Declaración de Saúl Posternak, contador público, empleado de Alisco. Recuerda que en la oficina aparecía cada tanto una persona que vendía cigarrillos y bebidas. Cree que lo reconocería de volver a ver al tal Ramos. Dice que no iba ni bien ni mal vestido, que no era una persona de categoría, ni buen mozo ni feo, normal. No recuerda si tenía bigotes pero cree que no. Que una vez lo vio entrar con cuadros de Figari y colocarlos sobre la mesa del Directorio.

Identikit. Para ubicar mejor al tal Ramos, el Tribunal, con la colaboración de la sección identikit de la Policía Federal, cita al procesado. Este es el rostro obtenido por el policía subinspector Juan Edgardo Fourcade, elaborado a base de los datos aportados por el señor Vogelius.

Declaración de Bendahan. Que tiene entendido que existen más damnificados por Vogelius, en especial en lo que concierne a una exhibición de Pedro Figari en el Musée National d'Art Moderne de París.

Declaración de Miguel Lermon. Que en mayo de 1960, el Musée d'Art Moderne de París inauguró una retrospectiva de Figari. El ideólogo de la exhibición era el empresario Vogelius que, a principios de 1960, lo había llamado para pedirle prestados tres cuadros de Figari para la exhibición. Le explicó que serían llevados por él mismo en avión y por tal razón había que sacarlos del marco. Al terminar la muestra, Vogelius lo llamó manifestándole que demoraría un poco en reintegrarle los cuadros ya que había dificultades en ubicar los marcos correspondientes. También le comentó sobre el triunfo de Figari en París. Al mes Vogelius lo llamó y le dijo que pasaría por su casa a entregarle los cuadros. Esa misma tarde llegó con los cuadros pero se quedó en el vestíbulo que estaba en penumbras y, sin reclamarle el recibo a Lermon, le ofreció comprarle las pinturas. Este dijo que no quería venderlas. Dice Lermon que, al día siguiente, cuando miró sus cuadros a la luz del día, notó algo raro. «Como si a uno le hubieran cambiado el hijo durante la noche», precisó. Cotejó los cuadros con las fotografías que casualmente había tomado antes de enviarlos a París, y efectivamente eran falsificaciones. Optó por no decirle nada a Vogelius ya que su abogado dijo que no había pruebas suficientes, pero en el ambiente de la pintura circuló la versión de que todos los cuadros que de buena fe se facilitaron para París fueron copiados y tales copias entregadas en lugar de los originales. Como Figari pintaba sobre un cartón grueso, este podría haber sido rebanado al medio, quedando así dos mitades: Vogelius se habría guardado las pinturas originales sin el dorso (falsificar un marbete es cosa de niños) y devuelto (previa falsificación) la otra mitad con el dorso original.

Declaración de Vogelius. De regreso de París, las pinturas fueron llevadas a la galería Witcomb, donde el señor Juan Fernández se encargó de volver a enmarcarlas y, una vez adjudicado su marco a cada pintura, los cuadros fueron devueltos a los expositores. Él nunca notó que los cuadros fueran falsificaciones. Si hubo alguna maniobra dolosa, habría que buscarla en Witcomb. Habría que preguntarle al señor Fernández. Pero Fernández está muerto.

Autorización
Señor Juez, en razón de que el señor Vogelius necesita viajar por razones de negocios a México por el término de veinte días solicito que se le conceda la autorización.

Permiso
No se le concede al procesado la autorización para viajar a México. Hágasele saber.

Se adjunta copia del catálogo de la exposición de Figari en París en cuya contratapa, en puño y letra de Vogelius, aparece consignado entre varias anotaciones «Jorge Demarchi juncal 2244». Según averiguaciones policíacas, ese nombre y domicilio pertenecen en realidad a Jorge Sangorrín, presumible estafador internacional, actualmente prófugo, quien fue socio de Vogelius en la boîte Chaumier de la calle Tres Sargentos.

113

Restitución

En el allanamiento del inmueble de la calle Pueyrredón, propiedad del señor Vogelius, se secuestró por error un cuadro auténtico del pintor Marc Chagall que nada tiene que ver con la causa. Solicito se disponga sin más trámite la restitución del cuadro y se tenga en cuenta el daño y perjuicio que ha ocasionado al señor Vogelius al involucrar, en un proceso de esta naturaleza, un cuadro de tanto valor en el mercado internacional. Dr. Francisco de la Vega, abogado.

Declaración testimonial de Juan Pedro Kramer. Que sus cuadros fueron solicitados para la muestra de París pero que él no los prestó. Que un año después, en 1961, le pidieron sus cuadros en préstamo para una muestra en el Museo Nacional de Bellas Artes de Buenos Aires y que él aceptó, pero que, pronta a inaugurarse la exposición, visitó el museo y al advertir que había gran cantidad de Figaris falsos, entre ellos muchos de los que habían figurado en la muestra de París, resolvió no prestar los propios.

Denuncia

En la comisaría 25 los dueños de la joyería situada en la calle Patricios 933 denunciaron a Rodolfo A. Ruiz Pizarro por la venta de tres cuadros falsos de Figari. Ruiz Pizarro fue procesado por estafa y se encuentra alojado en la Unidad Carcelaria 2.

Declaración de Rodolfo A. Ruiz Pizarro. Declara ser de nacionalidad argentino, edad 47 años, estado civil casado. Que es pintor desde su juventud y se gana la vida produciendo cuadros exclusivamente decorativos. Dijo conocer a Vogelius de nombre como un gran coleccionista.

Preguntado para que diga si Vogelius alguna vez le solicitó que imitara cuadros de Figari, dijo que no. Que es cuanto puede declarar al respecto.

Declaración de Juan Alberto Gregorio Sabatini. De profesión empleado bancario. Que se desempeña como tasador de objetos varios en el Banco Municipal. Que el 28 de octubre de 1960 el señor Vogelius empeñó en el Banco Municipal once cuadros y diecisiete cuadritos, óleos sobre cartón originales de Pedro Figari. Vogelius explicó que en esa oportunidad necesitaba dinero para comprar un cuadro del pintor Braque. Todos los cuadros estaban sin marco, Vogelius dijo habérselos quitado «por comodidad». Que no es normal ni corriente un empeño de semejante cantidad de cuadros y menos aún que dicho empeño se hiciese sin marco y sin vidrio.

Declaración de Ernesto Deira. De 39 años, estado civil casado, profesión abogado, que sí lee y sí escribe. Dice ser muy amigo de Federico Vogelius. Que también era muy amigo de Juan Fernández, quien un mes antes de ser operado visitó al deponente haciéndole conocer su situación y le solicitó que se hiciera cargo de algunos asuntos de índole personal, entregándole unos sobres cerrados con orden de quemarlos en caso de su muerte, cosa que así sucedió en febrero de 1962.

Sentencia del Dr. Juez H. D. Rojas Pellerano
1968
Federico Manuel Vogelius: ¿qué hay detrás de este nombre que hasta su eufonía llama la atención a nuestros oídos habituados al apellido occidental y latino? Vogelius, el nombre posee esa sonoridad que recuerda el misterio

115

del Medio Oriente. Pero no se puede responsabilizar a Vogelius de la fonética de su apellido. Por el contrario, es de agradecerle, si cabe, que no se llame López. Cuando haya pasado tiempo y las crónicas y la memoria popular lo comenten, será desde más fácil hasta más romántico su recuerdo: El *affaire* Vogelius y no el caso López.

Todo empieza cuando Damián Bendahan, socio comercial de Vogelius, adquiere once cuadros de Figari. Producida la desintegración de la sociedad, Bendahan descubre que sus once pinturas son falsas. Vogelius menciona a un tal señor Ramos como el origen de todo el asunto, pero creemos que ese extraño *marchand* cigarrero solo existió en su imaginación dado que nadie, salvo él, parece recordarlo con precisión ni saber dónde está. En esos mismos años sucede la exposición de París, organizada por Vogelius con ayuda del señor Fernández. Salen 28 cuadros auténticos de Buenos Aires, vuelven 28 falsos. Vogelius dice ser inocente de esa maniobra; entonces, solo cabe la posibilidad de que los cuadros que llegaron de París hayan sido copiados, a su regreso, en la galería Witcomb por obra del señor Fernández, quien habría contratado al falsificador para que trabajara en la galería.

La ya centenaria galería reviste la condición de ser la más seria, importante y tradicional del país. Imaginar a Fernández, socio propietario y gerente, ubicado en la trastienda con un solapado falsificador copiando cuadros resulta un poco difícil. Durante veinticinco años, Juan Fernández trabajó allí y jamás hubo quejas.

Es cierto que Vogelius, al tiempo de devolver los cuadros a algunos expositores, les ofreció comprárselos, pero no nos consta ni a nosotros ni a ellos qué habría sucedido de haber aceptado la oferta. Con dicha oferta distraía la atención del propietario, quitaba cualquier sospecha del medio y, llegado el caso, aquella oferta servía para probar su buena fe. Solo sabiendo que entregaba cuadros falsos pudo preguntar si se vendían, el único objetivo era pre-construir una prueba a su favor.

Vogelius dispersa la atención puesta en él hacia otros personajes: personajes como el tal Ramos, que nadie sabe dónde está, y como Juan Fernández, que sí sabemos dónde está: muerto. Vogelius no demuestra así su inocencia, pero intenta tomar el rumbo que, a su criterio, lo llevará al *in dubio pro reo*. Suponiendo que el procesado no haya tenido que ver con los cambios, ¿en ninguno de los casos en los que devolvió los cuadros en persona, él, Federico Manuel Vogelius, un eximio figarista, se dio cuenta de las falsificaciones que llevaba en mano? «Burdas falsificaciones», las llamaron los peritos.

Poco después de terminada la exposición de París, Vo-gelius empeñó gran cantidad de Figaris en el Banco Municipal. ¿Puede un coleccionista de Figaris poseer semejante cantidad de pinturas sin la protección de un marco y un vidrio? ¿Es admisible que, como dice en su declaración, en caso de alguno de los cuadros haber tenido marco se lo hubiera quitado por simple comodidad? Sirva como ejemplo la ocasión en que Vogelius se vio en poder de tres cuadros de sumo valor –de Goya nada menos–, los que carecían de marco; no bien llegaron a sus manos, mandó a confeccionar una caja de madera para las tres telas, de un día para el otro y antes siquiera de comenzar cualquier manipuleo (véase en la causa agregada n.º 6247, Declaración del carpintero). Llama la atención que un sujeto poseedor de una colección de más de 100 Figaris, una pinacoteca en la que se exhibe nada menos que un Chagall, necesite empeñar tal cantidad de cuadros. Los empleados bancarios coinciden en cuanto a la flagrante anormalidad que ello configura. Por simple lógica, los cuadros fueron llevados sin marco ni vidrio, porque los marcos correspondientes habían sido colocados en las copias entregadas a los expositores de París.

Un año después, en 1961, el Museo Nacional de Bellas Artes organizó una muestra de Figari en conmemoración de su nacimiento. Juan Pedro Kramer, uno de los coleccionistas, notó que varios de los cuadros que habían sido expuestos en París se encontraban allí en forma de copias. ¿Sería solo obra de la fatalidad?, ¿exponían los cuadros falsos sin advertir a sus dueños que les habían sido cambiados?, ¿o formaban parte del plan de quien había cambiado los cuadros de París? No es descabellado pensar que esta Exposición del Centenario cerró el ciclo iniciado en la gestación de la Exposición de París.

Vogelius, el propietario de una de las mayores colecciones de Figari de Latinoamérica, poseedor de una sólida posición económica, ¿quién habría de sospechar de él? Si en alguna ocasión cabe lamentar que nuestro procedimiento penal sea escrito, puede que sea esta; habría que poseer un don y una genialidad sin igual para poder volcar en un papel todo lo percibido a lo largo de cada audiencia. Ni aun si se hubiera procedido a grabar magnéticamente las palabras, no podrían reproducirse los gestos, las sonrisas, los pequeñísimos detalles.

Consideramos responsable a Federico Vogelius por los hechos que damnifican a Lermon, Madariaga Anchorena y Bendahan. La forma en que gestionó el asunto, su anónima participación en cuanto a que su nombre no aparece en ninguna parte, la forma desprolija en que extendió los recibos y devolvió los cuadros, hace pensar que todo fue premeditado.

Se resuelve: 1. Decretar prisión preventiva por el delito

de estafa cometido en forma reiterada (art. 55 y 172 del Código Penal). Mando trabar embargo sobre sus bienes hasta cubrir la suma de cincuenta millones de pesos moneda nacional. 2. Líbrese orden de allanamiento en los distintos domicilios. 3. Líbrese oficio a la Policía Federal ordenando la captura del procesado Federico Manuel Vogelius.

Detención
20 de noviembre, 1968.
Fue detenido Federico Manuel Vogelius y remitido al Instituto Nacional de Detención (Unidad 2).

Libertad
El 25 de noviembre, 1968.
Vogelius salió en libertad.

Abogado de Vogelius, Dr. H. Papurello
1969
Acerca de la personalidad de mi defendido, el Juez dice que «los meses de trámites han permitido conocer al procesado, como pocas veces». Sin embargo, en las numerosas audiencias celebradas con mi defendido, nunca tuve oportunidad de ver al señor Juez presente en las audiencias. Tengo serias dudas de que haya visto alguna vez al acusado. Al menos, en el proceso.

Evidentemente, el Juez no está habilitado para hacer apreciaciones como las que hace acerca de la fonética del apellido de mi detenido, ni de la eufonía del *affaire* Vogelius ni de la existencia de un «mundo vogeliano». La función judicial es algo mucho más serio. El Juez, con las expresiones que utiliza, ofende sin necesidad al acusado olvidando que la excelsa función que ejerce lo habilita para juzgar a sus semejantes pero no para insultarlos. Barberis, en su Código de Procedimientos, expresa que «cuando en todo el curso del proceso se ve con claridad apasionamiento hostil incompatible con la recta administración de justicia, ese magistrado debe ser separado de la causa».

Contesto también a las reflexiones que formula el Juez acerca de las dificultades para identificar a un tal señor Ramos por parte de los testigos. No tiene nada de extraño si se advierte que entre la época que lo vieron y la fecha de la investigación transcurrieron ocho años. Lo extraño habría sido que aportaran más datos. Basta recordar aquel episodio que sucedió en este tribunal en una audiencia de testigos en que el Juez, molesto porque quien declaraba no recordaba un detalle que a su juicio debía recordar, fue invitado por el letrado defensor a pasar a otra habitación donde el abogado, para demostrar la sinceridad del testigo, le preguntó al magistrado si el empleado que estaba escribiendo la audiencia tenía o no bigotes, cosa que el Juez no pudo contestar a pesar de que lo veía todos los días.

El Juez, con ironía fallida, alude a la falta de aparición del señor Ramos y a la muerte del señor Fernández, como si mi defendido, para probar sus asertos, tuviese que ser captor de prófugos o resucitador de muertos. Si la denuncia en lugar de hacerse ocho años después de que ocurrieron los hechos, se hubiese realizado inmediatamente, es muy posible que Ramos hubiese aparecido y, por lo pronto, Fernández estaría vivo.

Vogelius no es un *marchand* ni un perito, sino un excelente aficionado. Otra cosa es la categoría de profesional, gente que hace del conocimiento de la obra de arte su medio de vida. Incluso ellos tuvieron que recurrir a complicados estudios antes de expedirse sobre los cuadros y aun así faltó la «ayuda de instrumental apropiado». Las obras de París fueron embaladas y depositadas en la galería

Witcomb. Los expositores las recibieron, nada les llamó la atención. Un año después, algunas fueron expuestas en el Museo de Bellas Artes sin que los organizadores notaran nada (solo una persona se queja) hasta que, transcurridos muchos años, se formuló la denuncia.

No hay en todo el expediente ningún elemento de juicio que permita afirmar con algún grado de certeza: 1. Que los cuadros de Lermon, Madariaga Anchorena y Bendahan hayan sido falsificados: los medios periciales empleados son harto insuficientes. 2. En el supuesto de que fuera probada la falsedad de esos cuadros, tampoco existe elemento de seriedad alguno que permita atribuir al señor Vogelius su participación en la falsificación de los cuadros. 3. Los elementos de juicio reunidos no justifican *prima facie* la existencia de delito. Pido la revocación de la prisión preventiva.

Comunicado
El juez Dionisio Pellerano fue apartado de la causa.

Resuelve
1973
Se resuelve sobreseer definitivamente en esta causa número 7569 a Federico Manuel Vogelius procesado por estafa reiterada, por estar extinguida la acción penal por prescripción. Miguel F. del Castillo, Juez de Instrucción.

Tómese razón, comuníquese y archívese

LA VIRTUD DEL COCODRILO

Nada sobre la Negra en el expediente, nada sobre Lydis, pero habiendo errado el camino, aprendí otras cosas. A comienzos de la década del setenta, Vogelius armó una editorial de libros de arte y poesía llamada Dead Weight; después vendió su pintura de Chagall para financiar una revista de política y cultura, fue secuestrado por un grupo de tareas del ejército, se escapó en medio de la noche atravesando un criadero de chanchos, vivió en Londres y, al enfermar, se refugió en la costa argentina, en un ventoso balneario cerca de Mar del Plata. En una de las últimas entrevistas que dio le dijo a la periodista que él ya era un león herbívoro que pasaba sus días jugando al ajedrez rápido y sus noches tirando fuegos artificiales en la playa. La nota apareció una semana después en un semanario político y haciendo un uso llamativo de la primera persona, empezaba así: «Siempre me deja atónita comprobar hasta qué punto la gente se esfuerza por parecerse a su leyenda.»

Seis días ya. Encerrada en este hotel, escribiendo un informe que nadie me pidió. Qué cosa. A mí nunca me han interesado los hechos que suceden a plena luz del día, en medio de una avenida, a la vista de todos. No, esas situaciones no me atraen en absoluto. A mí me gusta el callejón, el pliegue, el recoveco.

> Tengo una llave,
> abro la puerta y entro.
> Está oscuro y entro.
> Está más oscuro y entro.
>
> MARK STRAND

En esta vida me he topado con un par como yo, pero sé que ahí afuera los hay por legiones. Anoche, con la ventana abierta, escuchando durante horas el rumor gangoso de los extranjeros que pasean por los alrededores del cementerio de la Recoleta, a metros de sus mausoleos, ángeles vengadores y obeliscos masónicos, demonios, seguiría indefinidamente acá adentro, haciendo vida intrauterina, alimentada, abrigada, pero no. Hoy el conserje me advirtió que el canje con el diario se termina el domingo y que los gastos del frigobar corren por mi cuenta. Tengo que acordarme de llamar al taxista ninja para que ese día me pase a buscar, lo he adoptado como mi chofer personal. Hasta entonces no debo perder la concentración. Llegar pronto al corazón de esta historia, encontrarlo donde quiera que esté. Quizás me sea útil recordar que el corazón no tiene forma de corazón sino de pirámide volteada.

La Negra falsificaba, supongamos que eso fuera verdad, pero ¿es algo tan terrible la insinceridad? «No lo creo», decía Oscar Wilde. «Es simplemente un método que multiplica nuestras personalidades.» Quizás nuestra tristeza pro-

124

venga de vivir atrapados adentro de nosotros mismos. Quizás solo el falsificador logre sortear este obstáculo. ¿Quién no ha pensado alguna vez: ¡ay, si yo fuese él!, ¡ay, si yo fuese otro!? Además, la simulación, cuando comienza temprano, se convierte en parte de la personalidad.

En 1969 Ricardo Becher filmó *Tiro de gracia,* hoy una película de culto sobre los sesenta, basada en un libro homónimo de Sergio Mulet, un actor y poeta beatnik conocido como el chico más lindo de su generación. La historia gira alrededor de un grupo de hombres que se da cita en el Bar Moderno, son la juventud dorada, intelectuales inconformes que agitan proclamas grandilocuentes del tipo: «Hay que meterse en algo muy grande y rajar.» Entre ellos aparece una mujer a quien llaman la Negra. La actriz –María Vargas– es una morocha lujuriosa como un postre de chocolate y yo juraría que su personaje está inspirado en mi Negra. Durante un tiempo busqué el libro de Mulet para ver si encontraba alguna pista ahí, pero es una figurita difícil. Pregunté en las librerías de la avenida Corrientes. «Nunca en mi vida vi la novela de Mulet», me dijo Luigi, mi librero amigo. «Alguna vez le pregunté a Ricardo Becher, un tipo encantador y difícil, hecho bolsa por la prolongada exaltación de la juventud, y me dijo que la novela existió o existía hasta que el último ejemplar se extinguió en sus manos.»

Un académico bien formado hubiera revuelto cielo y tierra hasta dar con el libro, pero a esa altura yo me consideraba «el biógrafo indolente»: si se complicaba por demás, lo dejaba ir. No tenía la paciencia que se estima invaluable, el hábito de cotejar materiales, de sopesar testimonios contradictorios, al fin de cuentas buscaba lo más vital, lo que iba a precisar, no más. Tenía una coartada para mi pereza de oso, la sigo teniendo: los agujeros en una vida no son espacios negativos que el biógrafo deba rellenar compulsivamente. Ellos también pueden ser cenotes, pozos subterráneos de aguas inciertas, la *terra infirma* donde prolifera la leyenda. En cuanto a la Negra, escaseaban los datos y sobraban las fabulaciones. «Los hechos, la más inútil de las supersticiones», decía Hâjî Abdû El-Yezdî en su poema místico sufí. Así iba yo, con mi varilla de zahorí, desconfiando de esos cascotes resecos que a fuerza de repetición se vuelven verdades. Como si la verdad fuera la gran cosa y no simplemente un cuento bien contado. Pero al final del día ni siquiera mi técnica de rabdomante me estaba granjeando buenos resultados. En concreto tenía poco y nada. Una imagen: una mujer bella, enigmática, talentosa, supuestamente la mejor falsificadora que existió en el país, que un día desaparece sin dejar rastro. Materialmente hablando, no demasiado más. La única falsificación que había visto, la del Hotel Melancólico, tenía certificado de autenticidad, con lo cual bien podría no ser una falsificación. Y después, solo contaba con un par de volubles octogenarios que se empecinaban en repetir anécdotas y que ahora me llamaban a cada rato, con cualquier excusa, para charlar del pasado, es decir, sobre ellos. Fue escuchándolos hablar de sí mismos, sosteniéndoles la vela a medianoche, cuando comencé a darme cuenta de que una biografía por naturaleza es inenarrable. La gente no recuerda mucho, a veces ni siquiera se acuerda de que ha tomado al desayuno. Tal vez la realidad sea siempre demasiado ruin para que quede constancia de ella.

Llegó un día a mi casa, petiso y de mirada ladina. Era guapo pero con ese tipo de belleza que uno no podría asegurar cuánto tiempo iba a durar. Martín tenía treinta años y era experto en literatura marginal argentina de los sesenta. Durante un rato nos medimos, todo encuentro empieza con un tanteo. Era obvio que yo llevaba las de perder, dado que él la había conocido. Era, según mis cálculos, el último que la había visto con vida.

–La vi hará cinco años –me dijo–. Cultivaba cactus para sobrevivir, era su forma de conectarse con la gente. Su casa parecía una villa, había botellas, cartones, hierros, todo tirado por cualquier lado, una desidia más allá del punto de retorno. Había una cocina, un living, su habitación y un tercer cuarto al que me tenía prohibido entrar porque, según ella, el agua de una reciente inundación lo había arruinado por completo, lo que llamaba la atención porque arruinada, lo que se dice arruinada, estaba toda la casa. ¿Viste cómo es? Te dicen, no abras esa puerta y de golpe es la única que querés abrir. Una vez tocaron el timbre y cuando ella se levantó, aproveché para espiar. Apenas abrí la puerta del cuarto sentí un vaho rancio como a podrido, después vi una cama con un colchón inmundo, y sobre una silla un tupper con algo que parecía carne picada. Entonces escuché sus pasos por el pasillo y volví a mi sillón. Juraría que antes de cerrar vi una cola escamosa asomar debajo de la cama, pero pudo haber sido sugestión, yo conocía la leyenda. Jamás se lo mencioné pero ella sabía sin preguntar. No era bruja, eh, de hecho odiaba la magia y la superstición porque decía que creer en eso era creer en el poder y el poder era enemigo del arte. Pero también le gustaba asustar a la gente. Un día le pregunté si había matado a alguien y me echó a patadas. Bueno, a patadas es una forma de decir porque era una mujer mayor y una de sus rodillas estaba muy lastimada. Lo que pasa es que tenía una energía inesperada para su edad. «Si tuviera cuarenta años menos te bajo la caña», eso me decía. Cuando la conocí pintaba retratos pero según ella ya no falsificaba. Una vez me regaló un dibujo, un retrato de Kafka en carbonilla, pero después se arrepintió y quiso que se lo devolviera. Cuando me negué, amenazó con venir a mi casa con unas piedras en el bolso y romperlo todo. Por supuesto eso no sucedió porque ella nunca salía.

»Me habló mucho de sus falsificaciones. Guardaba los recortes de los diarios donde rodeaba con un círculo rojo cuando aparecía algún cuadro pintado por ella en otra época. Siempre decía que lo más difícil de hacer es la firma del artista. Después se mudó y le perdí el rastro. No sé dónde andará ahora, pero deberías apurarte, los inviernos eran su punto débil. Es raro que nadie tenga una foto, ¿le preguntaste a Rómulo? Él guarda el archivo de Iarios.

Me pareció que era el viejo truco del tero, Martín también fantaseaba con escribir sobre la Negra y ahora chillaba lejos del nido para desorientarme. Pero también podía ser un consejo honesto, con buena intención, cabía esa posibilidad también, por qué no.

La Negra rondaría entonces los ochenta años y seguía pintando aunque ya no falsificaba. Se había aislado y un falsificador necesita contactos. Yo volvía sobre mis preguntas. ¿Y si el mito sobre la Negra había superado a su talento? Quizás ella no era tan buena pintora como se decía y se dedicaba a falsificar porque su propia obra no la satisfacía. ¿Era exigencia desmedida? ¿Desapego? ¿O estaba más allá de la idea del arte? ¿Y si la Negra directamente era un *bluff*? ¿Y si todo era una puesta en abismo? Quizás ella había falsificado un cuadro o dos, pero, visto desde acá, parece que falsificó miles. Quizás la Negra era una persona completamente normal. Dice un poema de Carol Ann Duffy: «Mucho más fácil que tu obra / es vender tus rarezas.»

El hombre de pelo blanco que me abrió la puerta se decepcionó al ver que yo no era una yegua infartante sino una cosa esmirriada adentro de un tapado negro de piel, pero como buen caballero que era se sobrepuso a la decepción y llevó adelante el resto de la visita con elegancia. Era pintor, uno de los pocos que quedaban de esa época cuando la pintura era cosa de grandes gestos.

–En algún sitio las tengo. –Eso me dijo el hombre que se llamaba Rómulo. Abandonó su asiento, se acercó a un mueble y abrió un cajón–. Por milagro están donde deberían estar.

Unas cincuenta fotografías en blanco y negro ocuparon una muy baja y redonda mesita en la muy moderna casa del pintor. El fotógrafo que las había tomado se llamaba Iarios, yo había escuchado su nombre, estaba entre los miembros del Hotel Melancólico. Iaroslav Kosak, el ucraniano con cara de zorro pegado a su maletín. Rómulo lo conoció por primera vez a los quince años en el Club de Gimnasia y Esgrima, donde ambos practicaban judo. A fines de los sesenta se lo volvió a encontrar en el Bar Moderno, pero Iarios estaba en otra mesa y tenía una novia bailarina que era filósofa. Un día, la chica le anunció que lo dejaba. Esta historia con variaciones está en un libro de Juan José Sebreli y en un cuento de Bernardo Kordon. Iarios la esperó esa noche con la bañadera llena. Cuando llegó, la levantó por los aires, la metió en el agua y le hundió la cabeza. Para cuando llegó la policía la bañadera estaba vacía, el piso seco y Iarios escuchaba un concierto para piano de Chopin mientras acariciaba a su perro. Rómulo ya estaba instalado en La Boca cuando el ucraniano llegó al barrio; había sido sobreseído del intento de homicidio, pero se había quedado en la calle y ahora dormía en una casa de la municipalidad donde se juntaba la gente sin techo. El pintor se lo encontraba al caer la tarde en un tugurio del puerto, donde Iarios siempre andaba despotricando contra André Kertész, quien según él le había robado los trucos fotográficos. Solo los perros chiquitos le caían bien, esos que corren alrededor de sus dueños como caballos de circo. Una madrugada tocaron el timbre en la casa de Rómulo. «Se llevaron al ucraniano al loquero», le dijo un compañero de bar, «lo arrastraron con lo puesto y hasta la cámara le curraron.» Abajo de la cama había quedado un maletín con fotos: ¿Podía cuidarla? Tiempo después, alguien vio a Iarios en el Hospital Alvear dando conferencias a los internados; les contaba que había sido director de fotografía de John Ford.

–Pero ahora volvamos a lo tuyo.

Las fotos que sobrevivieron en el maletín estaban frente a mis ojos. Las miré un rato, eran fotos en blanco y negro, sin ningún preciosismo ni intención documental, muchas de los bares de los sesenta, algunas de la avenida Corrientes, otras del balneario La Salada. No me parecieron de gran utilidad y mi corazón retráctil se replegó fastidiado. Rómulo se acarició el pelo, que ya dije que era blanco pero debí aclarar que también era esponjoso, y yo estaba por agradecerle e irme cuando vi que su mano derecha comenzaba a sobrevolar el revoltijo de imágenes. De pronto, se detuvo, descendió, removió un poco y levantó de la marea una foto. Contuve el aliento como cuando la garra metálica en la máquina de las ferias levanta el peluche más lindo.

–Acá tenés a tu Negra –me dijo.

Confieso que había llegado al punto de pensar que esta mujer no existía, que era el producto de una imaginación grupal, un delirio colectivo, un sueño soñado por toda una generación, perpetuado en innumerables relatos, pasado de boca en boca a las generaciones más jóvenes como un secreto que se va deformando. Pero la realidad es más extraña que la ficción y más difusa también, y ahora que lo pienso no existe droga que pueda inducir una fantasía igual en tantos individuos diferentes. Todas las ramas de la ciencia coinciden en eso. Solo la vida tiene la obstinación del ludópata: la terquedad de lanzar los dados tantas veces como sea necesario hasta que aparezca, en medio de nosotros, un individuo excepcional.

–Acá tenés a tu Negra –volvió a decir.

Era una foto ligeramente fuera de foco, sacada de lejos, como las de los paparazzi. Un hombre y una mujer caminan por lo que podría ser la avenida Corrientes. La pareja pasa cerca de un cartel de cigarrillos Colorado con una «ele» humeante que parece una hipérbole de sus cabezas acaloradas. Vienen discutiendo y la foto los agarra en una pausa; unos minutos después volverán a hablar y la conversación los llevará por otro agujero negro. Atrás asoma un puesto de flores, pero no es momento para flores. Él es un porteño típico de Buenos Aires, copia un poco a Philip Marlowe, lleva saco y corbata, tiene las manos en los bolsillos, se lo ve atribulado, con el ceño fruncido. A él ya lo conocía. Es ella quien me interesa. Esa valkiria incongruentemente vestida con un tailleur, el pelo negro y corto, la nariz achatada, las pantorrillas de acero. Camina erguida, los brazos cruzados sobre el pecho, ronda los treinta años. Podría decepcionar, pero no lo hace: tiene el *physique du rol* adecuado para el papel. Es la Negra.

–Todos querían estar con ella –dijo Rómulo, y respiró fuerte, un poeta diría que suspiró.

131

¿La Negra había abandonado al mundo o el mundo la había abandonado a ella? Un huésped del hotel adepto a los safaris me contó una historia.

«En un río africano que baja desde Sierra Leona y desemboca en el océano Atlántico, vivía hace muchos años un cocodrilo de piel superluminosa. Para protegerla del sol el animal se pasaba los días pegado al lecho barroso del río y rara vez asomaba. Pero una noche el cocodrilo decidió salir. Al principio, como era desconfiado por naturaleza, se quedó en la arena, inmóvil, con la boca abierta ventilando los resabios del calor y tres cuartas partes de su cola sumergida en el agua, listo a volver a las profundidades al menor movimiento sospechoso. Fue una lechuza vigía la primera en notar su presencia. Alarmada, le chistó a su vecina que vigilaba desde una rama más alta.

»–Che, che –le dijo–. Hay algo raro ahí.

»–¿Qué cosa? –contestó la otra abriendo los ojos como platos.

»–¿No la ves? Una luz –contestó la lechuza que había visto todo primero.

»–No me asustes.

»Llamaron a las demás y se armó un revuelo infernal con todas las lechuzas amontonadas en las copas de los árboles preguntándose: ¿Qué es eso?, ¿será una luz mala? ¡Andá a ver! ¿Estás loca? ¡Andá vos! Al final solo una lechuza vieja que hablaba poco se animó y, poniéndose las alas sobre los párpados a modo de visera para no encandilarse, se acercó tambaleándose hacia la luz.

»–Oh –suspiró maravillada la vieja lechuza–. ¡Pero si es un cocodrilo, un cocodrilo superluminoso!

»–Oh –retumbó en todo el bosque.

132

»Y ablandado por la adulación, inflamado de orgullo, el cocodrilo empezó a salir del agua a toda hora. Fue así como durante un tiempo, en Sierra Leona, no se habló de otra cosa que de la virtud del cocodrilo, porque la belleza es tan endiabladamente seductora que a veces se confunde con cuestiones morales. Pero pasaron los días y el idilio entre los animales de la selva y el cocodrilo empezó su inevitable deterioro. Para decirlo concretamente: expuesta al sol, la piel del cocodrilo primero se puso opaca, un mes más tarde se volvió áspera, y luego, de un día para otro, se secó, se apagó, dejó de brillar. Los animales, decepcionados, regresaron a sus quehaceres y el cocodrilo, amargado, volvió a las profundidades del río; desde entonces solo sus ojos sobresalen del agua, como un periscopio, se esconde y escudriña a la vez.»

¡Qué hermosa pérdida de tiempo había resultado mi búsqueda hasta ahora! Una patética biografía cuya falta de resolución me resultaba extrañamente gratificante. Fue la foto lo que detonó la alarma. Me hizo sentir como el amante que quiere saber todo sobre su amada aun cuando sabe que esa curiosidad lleva en sí el germen de la decepción. «¿Era entonces solo esto el amor?», se pregunta Julien Sorel después de su primera noche con una mujer.

Y sí, era solo eso. ¿Qué había imaginado? Que en un mes, en dos años, en diez, llegaría una tarde a una casa cualquiera en los suburbios de Buenos Aires, atravesaría un patio umbrío con una decena de gatos patrullando la zona y tocaría un llamador de hierro. Entonces oiría el taconeo de unos zapatos, el tintineo de unas llaves en la cerradura, y finalmente una puerta se abriría.

«Te estaba esperando», me diría una mujer de edad indescifrable, dura como la sibila délfica de Miguel Ángel.

133

Lo demás llegaría con naturalidad y en algún momento de la charla, sin dramatismo ni emoción, yo le haría todas las grandes preguntas que llevo adentro. Ya saben: si está comprobado que el bien y el mal bailan alrededor de cada electrón, si es mejor ser liquen sobre roca que clavel de presidente, si lo que hacemos importa pero nosotros no.

Pero nada de eso sucedería. Solo había imaginado la escena porque la había leído con variaciones en una nota de Jill Johnston sobre la pintora perdida Agnes Martin.

Uno elige una figura totémica y se pega a ella. Pasa con los escritores y sus biografiados y también con la gente y sus mascotas. Cuando era chica iba al zoológico para ver al aguará guazú, pero el animal nunca se dejaba ver. Una vez, sería como mi sexta visita al lugar, finalmente apareció. Cruzó de izquierda a derecha en un instante, antes de que el monte de cinacinas lo tragara como una puerta a otra dimensión. Qué extraño, pensé, no se parecía en nada al aguará guazú. Ahora cuando digo «la Negra», sé que la figura que se dibuja en el pizarrón de mi mente es una imagen distorsionada. El personaje con su pasado de contornos precisos, de psicología lineal, su accionar coherente, es una de las grandes mentiras de la literatura. Tenemos poco y nada: solo lo que somos hoy, como mucho lo que hicimos ayer, lo que haremos mañana, con suerte. Eso debe ser tomado en cuenta cuando se piensa en la Negra y después hay que dejarla ir, porque encontrarla sería arruinar algo que no logro definir pero intuyo importante. Fue así como un día me prometí a mí misma que dejaría de buscar.

EL «CHECK OUT»

Era uno de esos mails que por el uso abrumador de itálicas, negritas y signos de exclamación, uno borra de la casilla de correos sin leer. Y sin embargo algo me llamó la atención: la palabra «médium» quizás. La gacetilla de prensa anunciaba una sesión en el Museo Roca dirigida por un brasileño que decía poder contactarse con los espíritus de los pintores impresionistas. Me dije a mí misma que no sabía lo suficiente sobre lo desconocido como para decretarlo imposible de conocer y decidí aventurarme. Ya lo decía el Padrino: «Uno quiere salir y lo empujan para adentro.»

Rogelio Nori, un morocho de bíceps hinchados y chomba ceñida, hablaba un español de vendedor de autos usados y decía tener una glándula pineal hiperdesarrollada que le garantizaba una comunicación directa con los espíritus de los grandes pintores de fines de siglo XIX. Nori no solo podía comunicarse con ellos sino que también podía dejarse tomar. El Diccionario de Espiritismo de Kardec llama a esta especialización: «Pictografía mediúmnica».

El edificio racionalista que alberga al Museo Roca está ubicado en el barrio de la Recoleta, a metros del cementerio. Cuando llegué a la sala, ya no cabía ni un alfiler. Me senté en una silla tapizada en cuero verde y entrelacé mis dedos como arañas sobre mis muslos. Al fondo del escenario unas cortinas de terciopelo rojo escudaban el retrato de cuerpo entero del general Julio Argentino Roca, dos veces presidente del país. Todo emanaba el peso, el yunque, de la historia. Pero, por alguna razón, era un equilibrio inestable.

–A los ocho años los espíritus se manifestaron –empezó Nori–. Revolvían la mia cama, tiraban cosas al piso, yo los veía clarito, como ahora veo a ustedes. Cuando comenté, monja dijo que era una manifestación del demonio. Pero hermana, dije, los espíritus me piden que rece. Niño, dijo ella, el demonio tiene mil disfraces.

»Un día, los espíritus propusieron que tomara un papel en blanco. Me senté, cerré los ojos, sentí la excitación nerviosa, perdí el mio control. Pinté diez cuadros con firmas que no conocía. Renoir se me apareció como el coordinador general, él fue quien me dijo: Usted no posso estudiar pintura, muy mejor es dejarse guiar. Una volta se apareció Degas y pidió que comprara pasteles. Yo pensé que por pasteles se refería a tortas.

»¿Acaso los más brillantes pintores esperan el faro de un médium talentoso para continuar sua obra mientras navegan por el océano de la eternidad?

Así terminó Nori su relato y se colocó el delantal.

Dos asistentes de mamelucos blancos y mejillas sonrosadas colocaron un bastidor entelado sobre un atril. El médium cerró los ojos y dejó que su boca comenzara a moverse en silenciosa rapsodia o invocación. Yo temí un poco el momento del ectoplasma, esa sustancia viscosa parecida a la mozzarella que había visto en fotos, pero cuando sus labios se abrieron una sonrisa beatífica se dibujó en su rostro. Fue ahí cuando Nori entró en frenesí, aunque no sé si esa es la palabra exacta porque en verdad parecía con retortijones, ¿estaría siendo canalizado? De golpe, su expresión cambió, paró en seco, miró a su alrededor: una señora del público había abierto un paquete de caramelos y el ruido del celofán lo había desconcentrado. Pidió silencio, hizo un gesto con el dedo alrededor de su cuello como insinuando un corte de cabeza; fue un detalle que me dio la pauta de que Nori tenía un carácter fuerte, y me asustó, aunque en un punto también me alegró saber que por más lejos que el médium se fuera no dejaba su cabeza atrás, supongo que se la llevaba consigo para tener plena conciencia de su enajenación. La señora pospuso el golpe de glucosa para más tarde y el médium volvió a lo suyo. Esta vez uno de los asistentes le colocó un pincel en la mano y Nori arremetió contra la tela.

Habrían pasado unos cinco minutos, según el paso del tiempo convencional, cuando el hombre se desplomó sobre el piso. Entonces los asistentes en perfecta coreografía tomaron el bastidor, lo dieron vuelta, lo ofrecieron al público. Una exhalación profunda se escuchó en la sala, de esas que se llevan la mugre de los pulmones. Frente a nuestros ojos teníamos un Renoir. Un jarrón con flores de Renoir, calidad discutible quizás, pero un Renoir al fin.

No había tiempo para cinismos, ahora el tipo se había puesto de pie y atacaba una nueva tela en blanco. Pero esta vez, al terminar, la exhalación general fue menos efusiva. Era un Sisley. Sisley en un pésimo día. El peor día de toda su vida. Un día en que Sisley había amanecido con ataque de hígado y cataratas subcapsulares.

Para entonces, yo ya estaba pensando cómo haría uno para distinguir un falso médium de un médium auténtico si hasta el médium verdadero podía ser engañado por falsos espíritus. Y estaba luchando contra mi escepticismo,

cuando la mujer que tenía adelante, una señora mayor
con mucha laca en el pelo, se dio vuelta y, como leyéndo-
me el pensamiento, me miró con sus pestañas embadurna-
das en rímel y me guiñó el ojo.

¡Ah, qué alivio! ¡No era la única! Era como estar en
Las Vegas presenciando el espectáculo de los tigres vola-
dores de Siegfried y Roy. Nadie osaba preguntarse ¿es verdadero o falso todo esto? Ahí adentro todos queríamos
creer. Porque frente a este hombre el mundo se ordenaba,
había un acá y un más allá y en el medio un canal, un tú-
nel, un corredor, una banda ancha, una escalera al cielo o
como quisiéramos llamarlo. Un pasaje que comunicaba dos
mundos y a través del cual si estirabas tu brazo al máximo,
tu dedo índice podía llegar a rozar el dedo índice de otro
brazo estirado en dirección opuesta.

Salí del Museo Roca y caminé unas cuadras rodeando
al cementerio de la Recoleta, soplaba un viento fuerte y
yo iba como una mini Victoria de Samotracia enfrentán-
dolo, el vestido apretado contra mi cuerpo, la falda fla-
meando por todos lados. Pero iba sonriendo, imaginándo-
me que debía de haber mucha gente como yo en esa
sesión mediúmnica, viajeros solitarios en su burbuja del
tiempo, extrañando el contacto con sus amigos muertos.

El viento soplaba y soplaba. Soplaba llevándose todo
de mi cabeza.

Ahora golpean a la puerta. El conserje me recuerda
que el *check out* es a las 11 am. Que espere, debo dar vuelta los bolsillos de mi corazón, sacudirlos hasta que la última monedita de diez centavos caiga al piso.

¿Qué me empujó en esta búsqueda?, ¿fue solo un intento de detener mi derrumbe?, ¿fue curiosidad?, ¿el éxtasis del descubrimiento? Ninguna de esas respuestas me satisface. Cuando un ser querido muere, el acto reflejo es básico, e intuyo, universal: uno vuelve mentalmente a esa persona, repasa los temas de conversación, rescata el viejo léxico de guiños y chistes internos, revisita los lugares comunes. No lo hace por masoquismo, lo hace para mantenerlo vivo, «to keep the ball rolling», decía Conrad, porque un día la persona que más querés desaparece y te das cuenta de que la charla quedó trunca. En esos momentos no le reclamamos al pasado recuerdos lindos, con que sean recuerdos, alcanza y sobra. Creo que en el fondo me inventé la búsqueda para seguir hablando con mi vieja amiga Enriqueta; dado que ya no podía acompañarla al sauna, ni sacarle las espinas a su pescado, dado que ya no podía alcanzarle la luz negra como una tea encendida, al menos podía aferrarme a ella mediante las palabras. Me inventé un tema de conversación, le hablé de la Negra.

Vuelven a golpear. En unos minutos abandonaré mi habitación imperial. Releo al azar algunas páginas de mi informe antes de guardarlo: en ellas una galería de personajes se cruza por destino o por azar en un momento de la historia. Tienen, como el entorno del que surgen, la cualidad inestable de una aparición, pero no me engaño, no son fantasmas porque los fantasmas no tienen corazón, y ellos son mortales comunes y corrientes que soportan, como yo, la misma atmósfera sofocante de realidad, el mismo aire enrarecido de los sueños. Entre todos ellos, la Negra es la única que se aproxima a un ser inmortal, a un ángel o a un demonio de *El paraíso perdido* ilustrado por Blake.

Curioso: he notado que una no escribe ni para recordar ni para olvidar, ni para encontrar alivio ni para curarse de una pena. Una escribe para auscultarse, para entender qué tiene dentro. Así, por lo menos, he escrito yo, como si un endoscopio recorriera mi cuerpo. Sé que corro el riesgo de pasar a la historia como una sicofante. Ya lo veo venir: me acusarán de alta traición, me señalarán por la calle condenándome por un veredicto cargado de desdén. En mi defensa diré lo que decía Marina Tsvietáieva: «la calumnia es el autorretrato del calumniador», y soy la primera en confesar que he metido las manos en el barro. Créanme, el barro es un tónico y un reconstituyente.

Por última vez miro debajo de la cama. Una birome yace sobre la alfombra verde. Repto, estiro mi brazo, ahí está, la recuperé. Ahora mordisqueo la punta de mi birome y me siento como una ecologista parada al borde del Mato Grosso; miro mi informe guardado en la bolsa de papel y pienso satisfecha: Hay algo que vale la pena preservar acá, algo medular para el ecosistema del arte. Supongo que eso explica la serenidad de ánimo que me ha invadido en estos días. Así es, los seres humanos estamos hechos de elementos simples y antiguos: carbono, hidrógeno, oxígeno y nitrógeno.

Unos meses después de mi despido, el joven crítico renunció a su puesto en el diario para convertirse en curador. La crítica tiene un techo bajo y él era un hombre de estatura elevada. La editora de la sección me rogó que volviera,

«Ya nadie quiere escribir sobre arte», adujo, no sé si se daba cuenta de lo poco seductor que resultaba su argumento. Podría haberme refugiado en el rencor, pero ¡qué gasto inaudito de energía! Mejor volver a mis áridos artículos sobre arte, después de todo esas entregas semanales fueron lo único que en su momento me mantuvo ecualizada. Acepté, el tiempo, aunque no exista, dirá si hice bien.

Así he llegado al Hotel Étoile, con su atractivo esplendor apagado. En esta habitación concentro para mi regreso. Mientras tanto he cumplido mi promesa, durante los últimos meses he dejado de buscar, pero eso no implica que no piense en ella. Cada tanto se me viene a la cabeza. De golpe, de la nada, se me aparece la Negra, y cuando eso sucede, me pregunto: ¿habrá muerto?

Entonces espanto la idea como una mosca y me digo: No. Demasiado viva para eso.